Margret Limberg · Zwei alte Schachteln auf Mallorca

AF280699

Margret Limberg

Zwei alte Schachteln auf Mallorca

© Margret Limberg, Dezember 2004
Satz u. Gestaltung: wrkdesign, Merzig
Herstellung und Verlag: Books on Demand GmbH, Norderstedt
Printed in Germany · ISBN 3-8334-2700-0

„Weißt du", sagt sie, „eigentlich habe ich gar keine Lust meinen Geburtstag zu feiern. Am liebsten würde ich wegfahren, einfach ausreißen, den Geburtstag vergessen, gar nicht da sein wenn mir jemand gratulieren will. Ist ja auch nicht mein Verdienst, so alt zu werden. Von jetzt an höre ich auf, die Jahre zu zählen." Anschließend berichtet sie wer mit wem verreist, die mit der und jene mit jener. Sie lässt ihren Kaffee total kalt werden.

Anne kaut derweil genüsslich die Schwarzwälder Kirschtorte, schmunzelt still in sich hinein und denkt 'Nachtigall ich hör dich tapsen'. Erst eine ganze Weile später schlägt sie gedehnt vor:

„Wir könnten zusammen nach Mallorca fliegen."

„Au ja!", stimmt Nina eilig zu. Sie ist nicht wirklich überrascht. „Du organisierst alles, hast ja Erfahrung als geübte Reisetante. Ich bin mit allem einverstanden. Hauptsache wir stürzen nicht ab." Eigentlich würde sie viel lieber mit dem Zug an den Bodensee fahren, aber das würde ihre sonnenhungrige Freundin im kühlen März wohl kaum mitmachen.

Gleich am nächsten Tag läuft Anne zum Reisebüro, schleppt Kataloge nach Hause, wälzt, grübelt und rechnet. Vor ihrem geistigen Auge sieht sie bereits alle Sehenswürdigkeiten, die sie Nina auf der Insel zeigen will.

„Ja, mach mal," sagt Nina am Telefon. „Interessiert mich jetzt nicht, ich lasse mich überraschen. Der Preis ist in Ordnung", sagt sie.

Anne läuft erneut zum Reisebüro, bucht die Reise, leistet eine Anzahlung und schickt der Freundin sofort einen Durchschlag mit den wichtigsten Angaben. Am nächsten Tag erhält sie eine Email von Nina.

»Da kommt ja richtig Urlaubsfreude auf! War nicht ernst gemeint, die Angst vor dem 'Absturz'! Du weißt doch wie gern ich fliege! Prima, dass wir erst mittags starten, am frühen Morgen würde ich vielleicht den Abflug verpassen...

Was mir wohl dieses Mal passieren wird? Musst gut auf mich aufpassen! Schreibe bitte, was du zum Anziehen mitnimmst, damit ich nicht das Falsche einpacke. Mach's gut meine Liebe! Deine Nina.«

»Etwas Praktisches zum Wandern. Einen Badeanzug, meiner passt sogar noch! Die schlichte Anlage hat sogar einen Pool, da können wir schwimmen falls das Meer noch zu kalt ist.

Etwas Modisches, damit wir uns ins Nachtleben stürzen können, ha - ! Und vergiss deine Pillenbox nicht. Meine Schwiegertochter wird uns zum Flughafen bringen.

Lieben Gruß, deine Anne.«

„Will auch mit nach 'Maloka' fliegen", sagt der kleine Fritz im Auto. Er kuschelt sein Köpfchen an Omas Schulter.

„Hab' leider kein Ticket für dich, mein Schatz."

„Doch da!" Er deutet zur Tictac - Dose in ihrer Hand.

„Wenn du ein bisschen größer bist fliegen wir beide in die Ferien. Oma wird dir etwas Schönes mitbringen", verspricht Anne. Sie schiebt ihm ein Tictac in die Schnute. Nina sitzt vorn neben Heidi.

„Bin mächtig gespannt auf diese verrufene Putzfraueninsel", sagt sie ohne besondere Vorfreude. Heidi lacht verhalten. Sie lenkt den Wagen der Beschilderung nach zum Abflugterminal, hält direkt vor dem Eingang.

„Wir werden gleich zurückfahren, damit Fritz noch rechtzeitig in den Kindergarten gehen kann." Hastig hieven die Freundinnen das Gepäck aus dem Kofferraum. Anne nimmt schweren Herzens Abschied von ihrem kleinen Enkel, ein letztes Küsschen, ein letztes Winken. Währenddessen lenkt Nina den schwer beladenen Kofferkuli bereits in Richtung Halle.

„Schieb` du mal weiter, ich muss dringend zur Toilette", sagt sie kurz vor der Gepäckaufgabe und verschwindet eilig. An beiden Schaltern heißt es Schlange stehen. Anne betrachtet interessiert die Mitreisenden; einige junge, leger gekleidete Leute mit Rucksäcken, einige Eltern mit Kindern und überwiegend ältere Paare, vermutlich brav verheiratet. Von wegen Putzfrauen.

Sie ist fast an der Reihe. Endlich taucht auch Nina wieder auf.

„Ich war noch schnell am Geldautomaten", sagt sie total aus der Puste. „Stell` dir vor, ich hatte gar kein Geld eingesteckt, vergesse immer das Wichtigste."

Beim Einchecken rastet der Piepser der Kontrolleurin an Ninas Body völlig aus. Ohrstecker, Fingerring, Armband-uhr, alles lässt ihn schrill erklingen, selbst der Hosenknopf aus Metall. Bei ihren Stiefeln piepst er erneut wild. Die Kontrolleurin holt zwei Kollegen hinzu, einen mit Waffe, einen mit bösem Blick und Handy im Anschlag. Nina muss die Stiefel ausziehen. Natürlich ist kein Sprengstoff im Absatz, dafür irgendwelche Metallfedern. Endlich darf sie zum Band zurück, bekommt die Handtasche jedoch nicht zurück.

„Da ist ein Messer drin! Gucken Sie selber zum Bildschirm, sehen Sie!", sagt die Dame.

„Scheiße", stöhnt Nina den Tränen nah. Dabei hat sie ihr Etui mit dem Essbesteck, dass sie wegen ihres schwachen Esszimmers stets bei sich trägt, extra zu Hause gelassen. Hätte sie Opas altes Schweizer Klappmesser doch nur in den Koffer getan. Ihr bricht der Schweiß aus, das Deo ver-sagte, ihr Magen drehte sich bedrohlich, das Frühstück kommt gucken.

„Geben Sie Ihrer Begleitung das Handgepäck und laufen Sie schnell zum Fundbüro. Da können Sie das Messer hinterlegen", sagt die Dame etwas freundlicher und beschreibt den Weg.

Völlig sprachlos hängt Nina Anne die knallrote Hand- und graue Kameratasche über die Schulter und dreht sich auf dem Absatz um.

„Werfe das Messer doch in den nächsten Papierkorb", ruft Anne ihr nach. Nina überhört es, drängelt sich an zig Leuten vorbei, rast, von panischer Angst getrieben, treppauf, treppab, sucht verzweifelt das Fundbüro. Bestimmt wird sie wegen Opas altem Klappmesser den Abflug verpassen. Gott Lob, da ist das Fundbüro.

„Geht es vielleicht etwas schneller", herrscht Nina den Mann an, der ihr in Schönschrift seelenruhig eine Quittung ausstellt. Mit dem Wisch in der Hand hechelt sie retour. Noch einmal muss sie die Prozedur des Piepers über sich ergehen lassen, dieses Mal ohne die Stiefel auszuziehen. Im Innenraum wartete Anne geduldig mit zwei Bechern Kaffee.

„Der ist ja kalt", sagt Nina enttäuscht als sie endlich wieder bei Atem ist.

Im Flieger drängt sie sich zum Fensterplatz. Kaum angeschnallt, zückt sie ihre Kamera, filmt begeistert das Flughafengelände. Die Maschine setzt sich in Bewegung, rollt langsam in Startposition, stoppt, rollt wieder an, beschleunigt, hebt an und taucht schnell in die dicken Regenwolken über Hannover. Nina stellt die Kamera ab.

„Der Start ist immer das Schönste. Vor Aufregung bekomme ich jedes Mal einen Orgasmus", flüstert sie. Anne lacht schallend, fängt sich einen unsanften Rippenstoß ein. Über die Bildschirme flimmern die üblichen Anweisungen. Ohne darauf zu achten klönen und kichern die Freundinnen wie Teenager. Aller Stress ist vergessen.

Der Imbiss wird gereicht. Nina haut rein als wäre es ihre letzte Mahlzeit. Anne gelüstet es eher nach einem Zigarettchen, das muss sie sich verkneifen.

„Warte schon die ganze Zeit auf deine Entzugser-
scheinungen", lästert Nina grinsend. Sie putzt zufrieden
Mund und Hände ab, greift zum Flugjournal, blättert interessiert.

„Schau, hier ist sogar die Reiseroute abgebildet. Das
Stückchen übers Meer hätten wir ja schwimmen können",
sagt sie.

„Vielleicht kommen wir noch in den Genuss."

„Mal den Teufel nicht an die Wand." Vorsichtshalber klopft
sich Nina drei Mal an die Stirn. Anne beschließt, sich mit
Eau de Parfum einzudecken.

„Bekommst du nirgendwo so günstig wie hier."

„Quatsch, was ich brauche habe ich", sagt Nina.

Bald erfüllen sämtliche Düfte des Orients den Flieger. Der
überquert bereits die Alpen.

„Ist das beeindruckend aus dieser Perspektive." Nina lässt
die Kamera surren, filmt die schneebedeckte Bergwelt, die
im hellsten Sonnenschein glitzert. Sie filmt ohne Unter-
brechung bis die schwere Maschine ruhig über das tiefblaue
Meer schwebt. Erneut bricht sie in Entzücken aus. Dampfer
und Segelboote wirken wie Spielzeug.

„Du, da surft sogar einer", ruft Nina begeistert. Anne reckt
ihren Kopf zum Fenster.

„O weh, direkt hinter ihm ragt die Flosse eines Haifisches
aus dem Wasser."

„Wo, wo?", fragt Nina aufgeregt. Anne kichert, bekommt
den nächsten Rippenstoß.

„Bitte anschnallen, wir landen in Kürze", tönt die Stimme
der Stewardess über die Lautsprecher. Die Insel kommt in
Sicht. Schon erkennt man deutlich Mallorcas malerische,
weißen Windmühlen. Allgemeine Unruhe macht sich breit.
Plötzlich droht die Maschine über den rechten Flügel zu

kippen, dann über den linken. Die Freundinnen schließen entsetzt die Augen.

„Wie gut, dass ich eine Lebensversicherung zu Gunsten der Kinder abgeschlossen habe!", stöhnt Nina. Ihr Gesicht färbt sich grün. Anne ist kalkweiß. Jetzt zeigt die Nase des Fliegers steil nach unten. 'Bei der hohen Geschwindigkeit werden wir gleich aufschlagen', denkt Anne insgeheim, scherzt säuerlich:

„Vermutlich darf die Stewardess einmal landen."

„Oder sie hat gerade Sex mit dem Piloten", sagt Nina. Sie werden in ihre Sitze gepresst. Die Nase der Maschine ragt wieder steil zum Himmel, bekommt die Waagerechte, fliegt eine weite Kurve über das Meer, steuert erneut die Landebahn an und setzt unsanft auf. Niemand klatscht, wie das sonst üblich ist.

„Mein Gott, ist mir schlecht. Hätte mir vor Angst beinahe in die Stiefel gepinkelt. Schau, mir steht das Wasser sogar in den Handflächen", sagt Nina.

Anne staunt über den umgebauten, hochmodernen Flughafen, die kühlen Hallen, die geräuschlosen Laufbänder. Die Koffer rollen aus einer Luke wie der endlose Feuerschweif aus dem Maul eines Drachen. Urlauber reißen sie rücksichtslos vom Band. Ein Mann haut die Kante seines Koffers gegen Ninas Schienbein.

„Au, verdammt", jault sie laut. Anne bekommt es nicht mit. Sie wuchtete gerade die eigenen Koffer vom Band, hievt sie auf den Kofferkuli und orientiert sich in Richtung Ausgang. Mit hängenden Mundwinkeln presst Nina ihre graue Kameratasche fest an sich und folgt Anne humpelnd zum Parkplatz.

Busfahrer betrachten spöttisch grinsend die Neuankömmlinge, die wie ein aufgescheuchter Hühnerhaufen umher schwirren auf der Suche nach der Busnummer für ihren Urlaubsort. Anne entdeckt das Schild 'Port Soller' an der Frontseite eines kleinen VW-Busses.

„Das ist unser Ziel", sagt sie und bleibt abrupt stehen. Nina rennt ihr voll ins Kreuz.

„Hoppala!" Schon greifen große, braune Hände helfend nach dem Gepäck, verstauen es im Kofferraum. Die Freundinnen steigen ein. Anne überlässt Nina wieder den Fensterplatz. Lediglich drei ältere Paare gesellen sich dazu. Eine Dicke strömt im Vorbeigehen eine unangenehme Schweißfahne aus. Nina rümpft die Nase.

„Auch das noch, wo mir doch ohnehin übel ist", lästert sie leise.

Eine junge Reiseleiterin erklärt in einwandfreiem Deutsch, wo und wann nähere Informationen erteilt werden, dabei verteilt sie bunte Broschüren. Anschließend wünscht sie einen schönen Aufenthalt, steigt aus und gibt dem Fahrer ein Zeichen. Der lässt den Motor aufheulen, laviert den kleinen Wagen geschickt durch die Menschenmenge vorbei an den großen Bussen.

Ninas Anspannung wächst je mehr sie sich der steilen Bergkette an der Nordküste nähern. Sie wendet kein Auge vom Fenster. Anne, die diese Insel wie ihre Westentasche kennt, ist rundum zufrieden. Die Sonne strahlt wie erwartet. Bald wird sie die frische Briese des Meeres schnuppern und die müden Glieder bei einem ersten Rundgang ausschütteln können. Der Ort Port Soller liegt im ursprünglichsten Teil Mallorcas. Von einem früheren Ausflug hat Anne ihn in bester Erinnerung.

Der Bus taucht in einen dunklen Tunnel.

„Der ist ja endlos", staunt Nina. Wieder draußen ist sie vom grellen Tageslicht geblendet, verpasst den kurzen Blick, den die Berge auf das endlose Meer freigeben. Nach ein paar haarigen Kurven abwärts, führt die Straße geradewegs in den belebten Hafenort.

„Donnerwetter, ist hier Verkehr", staunt Nina erneut. Schon biegt der Fahrer in eine Seitenstraße, bremst nach ein paar Metern vor einem Klotz von Hotel, und ruft: „Soller – Garden." Anne erhebt sich.

„Was, hier müssen wir aussteigen? Ein ˋFünf Sterne Hotelˋ ist das ja gerade nicht", mault Nina enttäuscht.

„Wart's ab, unser Bungalow liegt im Grünen", antwortet Anne gelassen. Sie nimmt ihren Koffer, schreitet beschwingt die paar Stufen voran zum Eingang.

Am Tresen kramt sie die Reiseunterlagen und ihren Pass aus der Handtasche, überreicht beides dem Portier. Im Gegenzug erhält sie einen Schlüssel von dem kleinen Dicken. Er trägt ein Schild mit der Aufschrift 'Señor Rico' am Revers seines schwarzen Anzuges.

„Dort geht es zum Speisesaal", erklärt er in einwandfreiem Deutsch und deutet mit dem Daumen nach links. „Zur Gartenanlage führt eine Treppe direkt gegenüber, auf der anderen Straßenseite." Er bemüht den anderen Daumen. „Ihre Koffer können Sie hier stehen lassen, die werden nach gebracht."

Zögerlich folgt Nina der Freundin hinaus. Sie überqueren die ruhige Straße, entdecken steile, holprige Stufen die hinab führen. Zwischen dem vielen Grün hoher Pinien, Palmen und dichter Büsche weiter unten, sehen sie Holzhütten. In der Ferne schimmert das blaue Wasser des Pools. Am Ende der Treppe steht ein Torbogen aus groben, weißen Kalksteinen, dahinter führt ein breiter Kiesweg durch die Anlage. Von ihm aus biegen schmale Pfade kreuz und quer zu den einzelnen Hütten. An den Türen prangen gut erkennbar Nummernschilder.

„Wenigstens haben diese Baracken kleinen Gärten", sagt Nina kaum hörbar. Anne hält suchend Ausschau. Ihre Schlüsselnummer deutet ausgerechnet zum einzigen, größeren Haus am Ende der Anlage. Dahinter ragt ein riesiger, rostiger Kran in den Himmel.

Beim Betreten der Suite trifft Nina gänzlich der Schlag. Ein muffiger Geruch steigt ihr in die Nase. Ihr Blick fällt direkt auf den Rohbau gegenüber des Fensters. Sie öffnet die Terrassentür. Draußen schmollt sie:

„Nur Schatten. Die Arbeiter können uns bei jedem Schritt beobachten, mit Leichtigkeit einsteigen oder uns nachts überfallen. Hier habe ich keine ruhige Minute. Nein, hier bleibe ich nicht."

„Immerhin haben wir zwei geräumige Zimmer, eine Küche mit Kühlschrank und Herd, sieh einmal", meint Anne versöhnlich.

„Nein, hier bleibe ich nicht", wiederholt Nina energisch, dreht sich schnurstracks um und stürzt eiligen Schrittes hinaus. Anne folgt ihr wohl oder übel.

„Die schäbige Suite ist eine Zumutung, dazu noch diese Baustelle. Wir suchen uns ein anderes Hotel", schimpft Nina empört beim Portier.

„Ganz wie Sie wollen Señora. Allerdings wird das schwierig. Die Hotels auf der Insel sind gut belegt."

„Wir hatten kein Apartment, sondern einen Bungalow in Soller - Garden gebucht", sagt Anne schnell mit charmantem Augenaufschlag.

„Die Bungalows haben aber nur einen Raum, sie sind wesentlich einfacher ausgestattet. Ich meinte es nur gut", erklärt Señor Rico entschuldigend. Eine Weile blättert er nervös im Gästebuch, greift schließlich zu einem anderen Schlüssel und reicht ihn Anne.

„Ich hoffe, dass es ihnen gefällt, wünsche Ihnen einen schönen Aufenthalt."

Die Freundinnen steigen erneut die Stufen herab, gehen die verschlungenen Wege entlang, finden endlich die Nummer ihrer 'Finca'. Gespannt dreht Anne den Schlüssel um, stößt die Tür auf, tritt beherzt ins Dunkle. Eben noch von der Sonne geblendet, erkennt sie nur langsam zwei primitive Bettgestelle mit einem kleinen Tisch dazwischen. Rechts neben ihr steht ein weiteres Tischchen, davor ein Stuhl, darüber ein Spiegel an der Wand. Ein riesiger Ventilator prangt unter der Decke. Er ist das einzige Schmuckstück. Nina geht nach links. Am Ende des kurzen, offenen Flurs ist quer ein schmaler Kleiderschrank eingebaut. Sie drückt die Klinke der Tür davor herunter, tastet nach einem Lichtschalter, betrachtet kritisch das Bad. Immerhin ist es fast ebenso groß wie der Schlafraum. Ohne ein Wort über die schlichte Bruchbude zu verlieren, kommt sie zurück, testet sorgfältig die Federung des einen Bettes, dann die des anderen. Sie entschließt sich fürs erste, dreht ich um und haut derb mit dem Schienbein an die scharfe Bettkante.

„Verdammt", jault sie mit schmerzverzerrter Miene, reibt ihr Bein und flucht:

„Das gibt den nächsten blauen Fleck. Übrigens ist dein Kopfkissen weicher, reich mir das mal." Einen Augenblick lang verschlägt es Anne die Sprache. Dann lacht sie schallend. Nina stutzt.

„Siehst du, so bin ich nun mal. Das hast du davon, wenn du mit mir verreist", sagt sie.

Vor der Tür werden die Koffer abgestellt. Nina schleppt ihren sofort zum kleinen Einbauschrank, nimmt ihn total in Beschlag. Anne kramt lediglich Schlafanzug und Kulturtasche aus ihrem Koffer, klappt ihn zu, schiebt ihn unters Bett, geht in den Garten, setzt sich in den Liegestuhl, streckt die Beine weit von sich und zündet sich das lang ersehnte Zigarettchen an. Drinnen hört sie Nina weiter schimpfen.

„Das Klo stinkt unerträglich. Bestimmt zieht der Mief in unsere Klamotten. Das fehlte noch."

Beim ersten Spaziergang durch den Ort hebt sich Ninas Stimmung. Rundherum pulsiert das Leben. Die Haupt-

straße führt um die gesamte Bucht von Port Soller. Zahl-
reiche Geschäfte, Restaurants und Hotels reihen sich anei-
nander. In regelmäßigen Abständen fährt ratternd eine
bunte Bimmelbahn auf den Schienen neben der Kaimauer
entlang. Sie lässt die Kameras der Touristen klicken, über-
tönt mit ihrem schrillen Pfeifen den Straßenverkehr. Am
Ende der Bucht senden zwei Leuchttürme ihre Signale aus.
Der eine hebt sich hoch oben auf dem Berg vom blauen
Himmel ab, der gegenüber, etwas tiefer stehende, sieht aus
wie sein kleiner Bruder.

An der Wechselstube angekommen, tauschen die Freundinnen Geld um.

„Die Peseten kannst du einstecken. Das Umrechnen und
Bezahlen ist mir zu kompliziert, das kannst du überneh-
men", sagt Nina.

„Großartig, werde dich bestimmt übers Ohr hauen."

„Ist dir glatt zuzutrauen." Nina grinst breit. Am nächsten
Souvenirladen bremst sie ihren Schritt, sucht eine Ewigkeit
nach den schönsten Ansichtskarten, kann sich jedoch nicht
entschließen. Am nächsten und über nächsten Stand sucht
sie erneut.

„Ach komm, die haben doch überall die gleichen Karten."
Anne tritt ungeduldig von einem Bein aufs andere. Ihr
Bauch knurrt laut, es drängt sie zum Abendessen.

Aus dem kahlen Speisesaal des Hotels schwappt ihnen eine
Woge gedämpften Stimmengewirrs entgegen.

„Siehst du, es ist alles besetzt. Wir hätten später her gehen
sollen", sagt Nina. Ein Ober tritt ihnen entgegen, hebt zwei
Finger in die Luft. Anne nickt. Er führt die Freundinnen
quer durch den Saal, zu einem runden Tisch mit mehreren
freien Plätzen.

Am leckeren Salatbuffet füllt sich Anne mächtig ihren
Teller. Nina verzichtet auf Vorspeisen, greift gleich zum
Hauptgericht. Anschließend arbeitet sie sich durch sämtli-

che Nachspeisen, holt sich zu guter letzt Schokoladeneis. Mit der Kelle aus dem Topf daneben, gießt sie sich eine weiße Tunke über die Portion.

„Igitt, das ist ja gar keine Vanillesauce." Enttäuscht schiebt Nina den Teller von sich. „Das ist Spargelcremesuppe, wie peinlich. Deshalb haben mich die Leute da hinten komisch angesehen. Das ist die Strafe Gottes wenn man so verfressen ist. Du, jetzt brauche ich unbedingt einen Verdauungsspaziergang", sagt sie.

Die Promenade ist inzwischen hell beleuchtet, sie sieht wild romantisch aus. Zum Schlummertrunk kehren die Freundinnen in einem gemütlichen Gartenlokal ein. Sie genießen die immer noch laue Luft, beobachten das Dümpeln der Schiffe im ruhigen Wasser. Am Ende der Bucht blinken die Leuchttürme.

„Hier sitzen nur Alte", sagt Nina nach einer ganzen Weile. „Die Jugend vergnügt sich sicher in Diskotheken. Da hätte es uns früher auch hingezogen. Schade, dass die keine Livemusik haben, würde viel lieber Flamenco oder die schwermütigen, spanischen Volkslieder hören, anstatt diese üblichen Schlager."

„Kannst in der Finca den spanischen Sender suchen, ich habe meinen kleinen Weltempfänger dabei. Vielleicht hast du Glück."

„Dazu bin ich zu müde", sagt Nina und erhebt sich.

„Moment, ich muss erst noch bezahlen." Anne winkt lachend dem Ober. Der kommt sofort angeschossen. Derweil lenkt Nina ihren Schritt langsam hinaus, biegt in die dunkle Seitenstraße.

„Das ist bestimmt eine Abkürzung", ruft sie Anne zu.

Sie landen in einer Sackgasse, gehen ein Stück zurück, finden hinter einer verwinkelten Ecke einen Weg. Die Richtung stimmt. Nach weiteren Umwegen landen sie tatsächlich an ihrer Anlage. Allerdings ist an der Rückseite kein Eingang. Ein großer Bogen und die steilen Stufen bleiben ihnen nicht erspart.

Bei soviel ungewohnter Bewegung in frischer Luft hätten die Freundinnen nach diesem langen Tag bestimmt richtig gut schlafen können, wären da nicht diese verdammten Mücken in ihrer Hütte gewesen. –

2. Urlaubstag

„Kau bitte etwas schneller, wir verpassen sonst den Sektempfang", drängelt Nina. Anne verkneift sich die bissige Antwort, die ihr auf der Zunge liegt. Ein ausgiebiges, gemütliches Frühstück ist ihr zu Hause heilig, geschweige denn im Urlaub.

Ungerührt schlürft sie ihren Kaffee und greift zum nächsten Brötchen. Nina schnappt wie ein Karpfen nach Luft.

„Na, dann gehe ich schon einmal alleine vor, werde dir einen Platz freihalten", sagt sie, bleibt jedoch unschlüssig sitzen. Als Anne auch noch seelenruhig zur Zigarettenschachtel greift, springt Nina wirklich vom Stuhl.

„Also rauchen kannst du auch später", sagt sie empört. Anne erhebt sich grinsend.

„Hast ja Recht."

„Wo kommen denn die vielen Leute her? Im Bus waren wir doch nur zu acht", sagt Nina verwundert in der Hotelbar. Señor Rico, der vermeintliche Portier, verteilt die gefüllten Sektgläser.

„Zufrieden Señoras", fragt er die Freundinnen beflissen.

„Si, si Señor", stammelt Nina eifrig nickend. Anne zwinkert ihm verschmitzt zu.

Nachdem sämtliche Gäste versorgt sind, nimmt auch Señor Rico ein Glas zur Hand, sagt ein paar nette Begrüßungsworte und stellt sich als Hotelmanager vor.

„Hätt's du das gedacht?", entfährt es Nina laut. Alle lachen.

Eine junge, sehr hübsche Angestellte des Reiseveranstalters gibt allgemeine Informationen.

„Der Geldumtausch ist in jedem Hotel möglich, bei der Bank sind die Konditionen allerdings etwas günstiger. Das Telefonieren in öffentlichen Zellen ist auch etwas billiger als in den Hotels. Fotografieren darf man überall. Manchmal empfiehlt sich ein kleines Trinkgeld. Nicht zuviel, das verdirbt die guten Sitten, zuwenig verdirbt die gute Stimmung..."

„Überaus hilfreich, was die uns erzählt", spottet Nina leise.

„Wer keine Lust hat, sich mit einem Leihwagen in den Stress des Verkehrs unserer Insel zu stürzen, kann Bustouren bei mir buchen." Charmant lächelnd verteilt die junge Frau Handzettel. Anne überfliegt ihren sofort, hat drei Ziele im Visier und erklärt sie Nina.

„Buche was du willst, interessiert mich jetzt nicht. Bei dem herrlichen Sonnenschein möchte ich endlich zum Strand gehen", sagt sie.

Anne streckt lediglich die Zehen in die seicht plätschernden Wellen. Das Wasser ist eisig. Nina rafft ihren Rock hoch, stapft mutig bis zu den Knien ins Meer. Ab und an taucht sie vorsichtig ihren Arm in die Fluten, hebt Muscheln vom Boden. Die am Strand liegen, sind meist beschädigt. Derweil sammeln Anne eifrig bunt glänzende Steine.

„Die machen sich hübsch in einem Glas."

„Weißt du, Steine und Muscheln symbolisieren die wichtigen Dinge des Lebens. Gesundheit, Familie, Wohnung und Beruf. Sand symbolisiert die tausend kleinen Annehmlichkeiten, die dem Leben die Würze geben. Wasser steht für Energie, was wären wir ohne sie", sinniert Nina todernst. Anne hält sofort Ausschau nach einer weggeworfenen Dose, um etwas weißen Sand hinein zu füllen.

Je höher die Sonne steigt, desto heißer wird es. Nirgendwo stehen Sonnenschirme, nirgendwo ist ein schattiges Plätzchen. Bis auf wenige spielende Kinder ist der Strand immer noch menschenleer. Kurz entschlossen wirft Nina die Muscheln zurück ins Meer.

„Quatsch", sagt sie, „was soll ich mich heute schon damit abschleppen."

Am Ende der Bucht rubbeln sich die Freundinnen die Füße trocken und beschließen, den Berg zum Leuchtturm zu erklimmen. Auf halber Höhe bleibt Anne stehen.

„Schau dir dieses wundervolle Anwesen an." Dicht am Zaun rupft ein Tattergreis Unkraut.

„Ob der den tollen Ausblick überhaupt noch wahrnimmt, wo er ihn jeden Tag vor Augen hat? Na, lange hat der jedenfalls nichts mehr davon", sagt Nina trocken. Anne lacht schallend. Der grauhaarige Herr hebt den Kopf, schaut zu ihnen hoch, lacht ebenfalls. Seine weißen Zähne leuchten im braungebrannten, runzligen Gesicht.

„Donnerwetter, sieht der noch gut aus", raunt Anne leise im Weitergehen.

„Ja, mit seinem künstlichen Gebiss. Stell dir den mal ohne Zähne vor." Wieder lacht Anne markerschütternd.

Oben angekommen vergeht ihr die gute Laune. Die Kneipe neben dem Leuchtturm ist geschlossen, öffnet erst zur Hauptsaison. Es ist zwölf Uhr mittags, die Sonne brennt, kein Lüftchen weht, es dürstet sie entsetzlich.

»Es gibt kein Bier auf Hawaii...« singt Nina vergnügt, genießt den herrlichen Ausblick über das Meer einerseits, die Bucht, den Ort und die Berge andererseits.

Eine Stunde später kommt Anne unten im Ort endlich zum kühlen, erfrischenden Bierchen, dem spanischen cerveza.

Nina bevorzugt den gesunden, frisch gepressten Orangen-saft, der alles in den Schatten stellt, was in der Heimat davon geboten wird. Es gelüstet sie nach einer Pizza. Anne greift lieber zur Zigarette. Ist es die vierte, fünfte, sechste?

Wieder zurück in der 'Finca' stellt Nina den riesigen Venti-lator an, streckt sich auf dem Bett gemütlich zur Mittags-ruhe aus.

„Der sieht wie ein Relikt aus 'Riks Café im Film Casablanca aus. Hoffentlich hält die Verankerung. Möchte von dem Monster nicht erschlagen werden", ruft sie hinaus. Anne lässt sich in der Liege im Garten von der prallen Sonne bra-ten.

„Ich will gar nicht braun werden. Die Sonnenstrahlen sind schädlich für die Haut, sind krebserregend. Außerdem sieht man braun gebrannt älter aus, da fallen die Falten mehr auf", tönt Ninas Stimme erneut heraus. Zehn Minuten spä-ter lässt sie sich in der zweiten Liege neben Anne nieder.

„Zum Abendessen werde ich mich in Schale werfen", sagt sie halb dösend. Anne blättert im Reiseführer, bleibt bei dem Artikel über die Herstellung von Mallorcas berühm-ten, künstlichen Perlen hängen.

»Was in der Auster spontan und natürlich geschieht, wird künstlich und kontrolliert in mehr als dreißig Tauchbädern mit natürlicher Perlessenz nachvollzogen – so gekonnt, dass eine Fachmann den Unterschied kaum feststellen kann...«

„Das wäre doch ein hübsches Erinnerungsstück. Bei nächs-ter Gelegenheit sollten wir uns diese Perlenketten einmal anschauen." Von Nina kommt keine Reaktion. Ihre Nase ist krebsrot. Anne rüttelt die Freundin an der Schulter.

„Och, weshalb reißt du mich aus meinen schönsten Träu-men", brummt Nina.

„Weil du eine krebsrote Nase hast, geh lieber in den Schatten." Erschrocken springt Nina hoch, rennt in die

Hütte, schaut in den Spiegel und bekommt einen mittleren Schlaganfall. Ihre Augenlieder sind dick geschwollen.

„Igitt, ich gleiche ja einer ekligen Feuerqualle. Hättest du mich doch früher geweckt. So kann ich mich nicht unters Volk mischen. Werde aufs Abendessen verzichten", jammert sie.

„Einen schönen Menschen kann nichts entstellen! Klatsch dir ein nasses Handtuch aufs Gesicht und leg dich einen Augenblick aufs Bett. Wirst sehen, das hilft."

Ungerührt geht Anne unter die kalte Dusche. Anschließend prüft sie, ob sich alle Falten ihres gelben Seidenkleides ausgehängt haben und schlüpft zufrieden hinein. Ihre leicht gebräunte Haut macht sich gut in dem tiefen Dekolleté.

Bei dem urkomischen Anblick der Freundin greift Anne zur Kamera, filmt Nina heimlich. Justament hebt sie einen Zipfel des Handtuchs.

„Die Aufnahme überspiele ich sowieso", sagt sie, springt wild entschlossen hoch, stößt einen Urschrei aus, der sich in der Stille der Anlage verliert.

Während Nina im Bad hantiert, lehnt sich Anne gegen den Türrahmen. In der Abendsonne flimmern die braunen Holzhütten. Das Gelb, Rot und Blau der Blüten in den aufgestellten Kübeln leuchtet kräftiger zwischen dem satten Grün der Büsche als im grellen Tageslicht. Sie beobachtet gelassen eine fette Spinne am Türrahmen gegenüber. Zu Hause hätte die sie längst aus der Fassung gebracht.

„Na, wie sehe ich aus?" fragt Nina.

„Wie der junge Frühling." Anne schließt die Tür ab und hakt sich vergnügt bei der Freundin ein. Gemeinsam spazieren sie durch die hübsche Anlage.

„In ein paar Tagen schaffen wir die steile Treppe spielend", sagt Nina. Sie zählt laut die Stufen.

„Fünfundzwanzig, zweiundvierzig, achtunddreißig", redet Anne dazwischen und fängt sich wieder einmal einen unsanften Schubs ein. Oben ruft Nina triumphierend: „Fünfzig."

Am runden Tisch vom Vorabend sitzt eine Gruppe Radfahrer in sportlichem Dress. Sie unterhalten sich lautstark. Die Freundinnen gesellen sich zu einem älteren Ehepaar nebenan.

„Meine erste große Liebe war übrigens auch Radrennfahrer", sagt Nina versonnen lächelnd. Sie reckt ihren Kopf zur Gruppe.

„Na, das kann noch nicht lange her sein", sagt der alte Herr in schönstem Sächsisch. Bewundernd zwinkert er Nina mit seinen Schweinsäuglein an.

„Kann Ihnen den frischen Fisch wärmstens empfehlen", sagt seine Frau im gleichen Dialekt. Anne bestellt eine Flasche Vino rosé beim Ober. Nina begnügt sich mit Mineralwasser. Die Sächsin schwärmt unermüdlich vom vorzüglichen Essen.

„Wir spazieren jetzt zum Aussichtsplateau", unterbricht sie ihr Mann.

„Den Sonnenuntergang verpassen wir an keinem Abend", sagt sie zu den Freundinnen, erhebt ihre rundliche Figur und wünscht einen schönen Abend. Er zieht seinen Bauch ein, macht einen höflichen Diener, zwinkert Nina noch einmal zu und takelt seiner Frau hinterher.

„Ist der nett", schwärmt Nina.

„Ohne seine Alte wäre er sicher noch netter."

„Musst du schon wieder ironisch sein", beschwert sich Nina schroff.

Bis die Freundinnen ihr Abendessen beenden, dämmert es draußen. Nina hockt sich auf die kleine Mauer neben der

Treppe des Hotels, umfasst übermütig den Laternenpfahl und singt lauthals: » Unter der Laterne vor dem großen Tor... «

„Wer hat eigentlich den Vino getrunken, du oder ich?" Anne nimmt Nina die Tasche von der Schulter, zieht schnell die Kamera heraus.

»...und steht sie noch davor...« singt Nina äußerst melodisch weiter. Ein Mann in schlottriger Kordhose bremst seinen flotten Schritt, klatscht belustigt Beifall.

„Tja, mitsingen," sagt Nina dreist. Beflissen rückt er an ihre Seite, schiebt seinen verbeulten Hut etwas nach hinten, legt seinen Arm um ihre Schulter und mimt den Heldentenor. Kichernd schlägt ihm Nina auf den Oberschenkel. Er tippt mit dem Finger an den Hut, erhebt sich und eilt weiter. Hinter seinem Rücken streckt ihm Nina fordernd die Hand nach, so als hätte er das Trinkgeld vergessen. Er dreht sich unerwartet um, schüttelt ungläubig den Kopf, bleibt konsterniert stehen. Nina springt blitzschnell hoch, rennt wie ein Wiesel zurück in die Hotelhalle. Anne schaltet lachend die Kamera aus, wartet geduldig. Die Freundin taucht erst fünf Minuten später wieder auf, schaut prüfend ob die Luft rein ist.

„Erst wild flirten, dann feige kneifen, du bist eine Marke."

„Jemanden scharf machen ist doch das Spannendste. Alles was danach kommt, kannst du vergessen...", sagt Nina grinsend.

Derweil Anne weinselig schläft, liegt Nina bibbernd unter der dünnen Decke, fassungslos darüber, dass die Nacht trotz der hohen Tagestemperatur dermaßen kalt ist. Müde erhebt sie sich, zieht im Dunkeln ihren Pullover übers Nachthemd, streift Söckchen über die eisigen Füße und kuschelt sich erneut unters Bettdeck. Es nützt nichts, sie friert nach wie vor, kann partout nicht einschlafen. Vor lauter Ärger bekommt sie keine Luft, tastet nach ihrem

Asthmaspray unter dem Kopfkissen. Ein Weile später muss sie aufs Klo. Um Anne nicht zu wecken, knipst sie keine Licht an, schleicht ganz leise im Dunkeln hin. Bei der Gelegenheit zieht sie sich auch noch ihren Bademantel über. Unsicher tapert sie zurück, stößt prompt mit dem Schienbein an Annes Bettkante. Die Freundin weckt weder das Rumpeln noch Ninas schriller Schrei.

3. Urlaubstag

„Das war die zweite schlaflose Nacht", jammert Nina morgens völlig zerschlagen. „Bei der lausigen Kälte wäre ich fast eingegangen."

„Hättest doch die Heizung anstellen können." Anne deutet zum Knopf neben dem, des Ventilators. „Mach hin, sonst verpassen wir das Frühstück oder den Bus oder beides. Bin gespannt, wie dir unser Ausflug gefallen wird."

Nina starrt fassungslos zum Schalter. Dann betrachtet sie kummervoll ihren x-ten blauen Flecken am Schienbein. Schließlich schlürft sie lustlos ins Bad.

Die Touristen drängeln sich in den gut klimatisierten Bus. Jeder möchte den besten Platz erhaschen. Bald geht die Fahrt über schmale Straßen ins `Puig Mayor - Gebirge`. Serpentinen führen hinunter in einen Talkessel, hin zum Kloster Lluc. Es gilt als Zentrum der Marienverehrung.

Nina ist beeindruckt von dem geheimnisvollen, dunklen Gotteshaus. Es herrscht eine bedrückende Stille. Am Hauptaltar bewundern alle die kleine, schwarze Madonna »La Moreneta«, die Patronin Mallorcas. Während Nina die Kamera zückt schleicht Anne nach draußen, steckt sich eine Zigarette an und betrachtet die bizarren Felsen ringsherum. Von unten wirken sie noch mächtiger als im Vorbeifahren.

„Du Kunstbanause", erklingt Ninas Stimme vorwurfsvoll hinter Annes Rücken.

„Der Kunstbanause war schon ein paar Mal hier", verteidigt sich Anne, dreht sich um und fragt:

„Hast du deine Sünden gebeichtet? Siehst ja richtig geläutert aus."

„Ach, du nun wieder. Sag mir lieber ob es hier auch ein Klo gibt? Hätte weniger Kaffee trinken sollen", sagt Nina. Die übrigen Ausflügler strömen bereits zum Bus.

Hoch oben im Norden, an der Küste von Puerto de Pollensa ist eine zweistündige Mittagspause geplant. Der Fahrer lenkt den Bus zum Parkplatz, steigt aus, schreitet dem Pulk voran in das gegenüberliegende Selbstbedienungslokal.

„Komm, wir seilen uns ab. Im Restaurant ˋEl Pozoˋ ist es gemütlicher, da gibt es leckere Spezialitäten. Das wird dir gefallen."

„Findest du denn den Weg?", fragt Nina zweifelnd.

„Denke schon. Von San Vincente aus bin ich oft hierher gewandert." Anne deutet zum hinter ihnen liegenden Berg. „Einmal hatte ich mein Portmonee im Hotel liegen lassen und konnte mir hier keine Erfrischung leisten. Da wäre ich fast verdurstet..."

Sie erreichen den Hafen. Dampfer und Jachten aller Art dümpeln sacht im Wasser. Bunte Segel der Surfer beleben den langen Küstenstrich.

„Donnerwetter", staunt Nina, „ist ja beeindruckend. Die Bucht von Port Soller finde ich allerdings beschaulicher."

Am Ziel angekommen, bestellt Anne die Spezialität des Hauses »Ilop del mar amb porcelle« eine Mischung aus Fisch und Fleisch.

„Der Fisch schmeckt nach Knoblauch, den kannst du alleine essen", sagt Nina. Sie greift zum gerösteten Weißbrot, kaut mit langen Zähnen, greift zur nächsten Scheibe, knabbert auch noch die dritte und vierte.

„Die sind mit Knoblauchbutter geröstet, lecker was?" Anne grinst amüsiert.

„O Gott." Mit einem Zug leert Nina ihr Wasserglas. „Bestimmt wird mir nachher auf dem Schiff schlecht. Wenn's schaukelt werde ich immer seekrank, dazu noch dieses Essen..."

Die See ist ruhig, nur der kräftige Fahrtwind zerzaust den Freundinnen die Haare. Nina überlässt Anne keine Sekunde lang die Kamera. Dermaßen strubbelig will sie sich nicht aufnehmen lassen. Sie filmt selbst jede Phase der grandiosen Fahrt. Vor lauter Begeisterung wird ihr nicht einmal übel. Das glasklare Wasser schimmert in türkis, hell- bis dunkelblauen und grünen Tönen. Der einmalige weiße Strand von Formentor rückt immer näher.

„Wenn wir gleich angelegt haben, können Sie sich dreißig Minuten die Beine vertreten. Inzwischen werden die Busse eintreffen. Die warten auf dem Parkplatz direkt neben den Souvenir- und Erfrischungsständen. Können Sie nicht verfehlen... ", verkündet eine Stimme über Lautsprecher.

„Die Zeit ist ja viel zu kurz", mault Nina.

Kaum an Land, strömen die meisten Leute zu den erwähnten Ständen. Die Freundinnen spazieren die Playa entlang, rechter Hand das Meer, links der weitläufige, gepflegte Park des Nobelhotels von Formentor. Sie atmen tief den würzigen Duft der Pinien ein.

„In dieser bescheidenen Herberge schliefen bereits die Großen dieser Welt", erzählt Anne schwärmerisch. „Charly Chaplin, die Windsors, Prinz Rainier von Monaco, König Juan Carlos und seine Sofia, selbst Schmidtchen Schleicher, unser ehemaliger Bundeskanzler. Sollte ich einmal im Lotto gewinnen, werde ich hier die Ferien verbringen."

„Darauf wartest du bereits vierzig Jahre was? Solche verrückten Träume habe ich nicht", sagt Nina. „Unsere Welt bietet viele, lohnende Reiseziele, da werde ich doch nicht zwei Mal an den gleichen Ort reisen", sagt sie. Anne schluckt trocken.

„Mallorca hat viele Gesichter. Es gibt hier immer wieder Neues zu entdecken. Du solltest einmal Ende Januar die Mandelblüte erleben. Dann sind weite Teile der Insel in einen weißrosa Schleier getaucht. Wenn bei uns der Winter gerade richtig beginnt, blühen hier schon üppig die Wiesenblumen."

„Das kannst du auch in Italien oder Griechenland sehen", beharrt Nina. Anne erzählt unbeirrt weiter.

„In Pollenca erlebte ich einmal die Kreuzprozession am Karfreitag. Dort führen dreihundert fünfundsechzig Stufen, für jeden Tag des Jahres eine, zu einer kleinen Kapelle auf dem Berg. Beim Fest Devallament wird das Kreuz Christi spät abends im schwachen Licht der Laternen mit Posaunentönen und unheimlich wirkenden Trommelschlägen herunter getragen. Vornweg laufen die Henker in langen, schwarzen Gewändern. Ihre Häupter sind unter Masken verborgen, die an den Ku-Klux-Klan erinnern. Hinter dem Kreuz folgen die Klageweiber..."

„Hör auf, ich bekomme Gänsehaut", unterbricht Nina. „Wir hätten längst umkehren müssen", sagt sie und schlägt einen Schritt an, dass Anne kaum mitkommt.

Die Freundinnen steigen als letzte in den Bus, fangen sich auf dem Weg zu ihrem Platz einige böse Blicke ein.

„Wie peinlich", flüstert Nina.

„Typisch deutsch", lästert Anne. Der Bus quält sich bereits im Schneckentempo die Serpentinen hinauf. Vor und hinter ihm schleichen Autos wie an einer Perlenkette aufgereiht.

„Das hätten wir notfalls sogar zu Fuß geschafft", sagt Nina.

„Weiter geht es nicht, die letzten Meter zum Aussichtsplateau müssen Sie leider laufen. Cabo ist der höchste Aussichtspunkt der Halbinsel. In einer Stunde sehen wir uns wieder", erklärt der Fahrer und öffnet die Türen.

Alle drängen hinaus, pilgern den schmalen Weg hinauf. Gleichzeitig kommt eine wahre Invasion von oben herunter.

„Ist ja ein Gewusel wie im Kaufhaus beim Schlussverkauf." Nina stützt ihren Ellenbogen auf die Mauer, umklammert fest die Kamera, filmt ohne Ende die zerklüfteten Felsmassive, die sich in die atemberaubende Tiefe stürzen und im Meer versinken. Schräg gegenüber der Mauer entdeckt Anne einen einladenden Stein. Sie drängt sich zwischen den Leuten dort hin, setzt sich gemächlich, um die Pause für das unvermeidliche Zigarettchen zu nutzen.

Kaum hat sie die Schachtel geöffnet, schnorren sie zwei junge Burschen an. Großzügig reicht Anne ihnen außer dem Päckchen auch noch ihr goldenes Feuerzeug. Zu Hause hätte sie das nie getan. Die beiden bedanken sich in drolligem, englischem Akzent, schwärmen von ihrer Tour, die sie abseits von Abgasen per Pedes bewältigten.

„From where you are coming?", fragt Anne freundlich.

„Uppsala, we are Schwede", antwortet der eine. Der andre fragt:

„And where you coming?"

„From Port Soller." Die Burschen ziehen lachend weiter. Unterdessen ist Nina von der Mauer gegenüber verschwunden. Anne erhebt sich, schlendert langsam die Treppe herunter, sucht den Wuschelkopf der Freundin im Pulk vor sich. Dabei tritt sie ins Leere, verliert das Gleichgewicht und landet derb auf dem Allerwertesten. Ihr Steiß trifft ausgerechnet einen kleinen, spitzen Felsstein, der aus der Stufe ragt. Der stechende Schmerz treibt ihr Tränen in die Augen. Leute schlagen einen Bogen um sie, geraten ebenfalls ins Stolpern. Eine kräftige, fremde Hand greift

Anne von hinten unter den Arm, zieht das Hindernis mit einem Ruck hoch.

„Vielen Dank", murmelt sie verdattert und geht sehr, sehr vorsichtig weiter.

Beim Einsteigen sieht Anne die Freundin bereits im Bus sitzen. Ihre Mundwinkel hängen herab. Anne erwarten die Fragen - 'Wo warst du denn?' - 'Wo bleibst du denn?', statt dessen dreht Nina schweigend den Kopf zum Fenster. Anne setzt sich sehr, sehr behutsam ins zum Glück weiche Polster.

Im Tal lenkt der Fahrer den Bus zur Hauptverkehrsader, fährt rasant den kürzeren Weg durch die Ebene zurück. Weite Oliven- und Obstplantagen, Gemüsefelder und saftige Weideflächen erstrecken sich beiderseits der Straße in der Abendsonne.

„Diese fruchtbare Niederung finde ich wesentlich schöner als die kahle Gebirgskette", bricht Nina ihr Schweigen. Anne ist nicht in der Stimmung, auf ihre Bemerkung einzugehen. In einem Urlaubsort an der flachen Küste hätte Nina auch etwas zu mosern gefunden, dessen ist sie sich sicher. Nach über zwanzig Jahren kennt Anne neben dem trockenen Humor auch die Schrullen der Freundin.

Der Fahrer unterbricht die dezente Musik vom Tonband.

„Gleich fahren wir durch Inka, Mallorcas dritt größte Stadt. Sie ist bekannt für ihre Lederfabriken. Hier finden sie auch die 'Cellers', die typischen Weinkeller, obwohl die gefräßigen Rebläuse den Weinanbau längst zunichte machten. Ein Ausflug hierher lohnt immer...", erklärt er stolz. Nina schnarcht leise vor sich hin.

Der Speisesaal des Hotels ist fast leer. Anne schlägt vor, in einem der gemütlichen Lokale im Ort zu essen. Nina winkt ab. Sie ist zu müde, will sich mit den Resten des geplünderten Buffets begnügen.

Beim Hinsetzen unterdrückt Anne einen Schrei. Seit wann sind die Stühle dermaßen hart? Sie greift schnell zur

Weinflasche, füllt ihr Glas randvoll, leert die Hälfte in einem Zug um den Schmerz zu betäuben. Nina schüttelt verständnislos den Kopf. Erst als Anne von ihrem Fehltritt erzählt, lacht sie schallend.

„Darf ich um etwas Mitgefühlt bitten?" Wieder lacht Nina so laut, dass die Ober, die bereits die Tische ringsherum abräumen, neugierig herüber schauen.

„War das ein schöner Tag", sagt Nina. „Siehst du, und satt geworden sind wir auch noch."

In der Finca angekommen, streckt sich Anne vorsichtig auf dem Bett aus. Nina stöpselt das Kabel vom Ladegerät in die Steckdose. Während der eine Akku neuen Saft bekommt, schaut sie sich mit dem zweiten die Videoaufnahmen des Tages an.

„Sind tolle Bilder", sagt sie zufrieden und reicht Anne generös die Kamera.

„Jetzt kannst du gucken, ich gehe ins Bad", sagt sie, stolpert über das Kabel, schießt - den Kopf vornüber gebeugt - im Affentempo quer durch den Raum. Am Ende landet sie krachend im Kleiderschrank. Vor Lachen pinkelt sich Anne beinahe nass.

„Mein Gott, irgendwie haben wir etwas von Dick und Doof! Ich bin 'Dick' und du bist 'Doof'", prustet sie mühsam.

„Geistreich sind deine Sprüche wahrlich nicht!", schimpft Nina deprimiert. Sie zieht ihre Nasenspitze zwischen den Sachen hervor und betrachtet entsetzt die eingedrückte Tür.

„Zum Glück habe ich eine Haftpflichtversicherung. Hoffentlich kommen die auch wirklich für den Schaden auf. Man weiß ja nie..." Erschöpft lässt sie sich auf dem Boden des Schrankes nieder, streckt die immer noch zitternden Beine lang aus. Anne steigt lässig drüber weg, sie muss dringend aufs Klo.

„Hättest mich warnen sollen, hätte mir sämtliche Knochen brechen können", sagt Nina.

4. Urlaubstag

Am Morgen ist Ninas gute Laune wieder hergestellt obwohl sie schlecht einschlafen konnte und in der Nacht mehrfach zum Asthmasprey greifen musste.

„Aufstehen, auf, auf", weckt sie die Freundin fröhlich. „Heute unternehmen wir eine Wanderung in die Berge."

Beim Frühstück lässt Anne dezent zwei trockene Brötchen und Orangen in ihrem Rucksack verschwinden.

„Wir können doch im Ort etwas einkaufen", flüstert Nina peinlichst berührt.

„Wieso? Geklaute Sachen schmecken bedeutend besser." Anne hievt ihren Rucksack über die Schulter, marschiert seelenruhig zur Getränkebar und nimmt auch noch eine Plastikflasche Mineralwasser mit.

Schon nach dem ersten Anstieg kommt Anne ins Schwitzen. Am Wegesrand blüht wilder Ginster, es duftet herrlich. Nina zückt die Kamera, filmt die Bienen, die im Ginster Nektar sammeln.

„Schau dir dieses warme Gelb an, dazu das satte Grün der knorrigen Olivenbäume, das unwirkliche Blau des Himmels", schwärmt sie, macht einen Landschaftsschwenk und richtet die Kamera auf den Weg der noch vor ihnen liegt. Er führt an terrassenförmig angelegten Feldern vorbei. Oberhalb von Port Soller teilt sich der Pfad.

„Vielleicht hätten wir uns eine Wanderkarte besorgen sollen", sagt Nina. Anne lenkt ihre Schritte bereits nach links, zum schattigen Wald. Eine leichte Briese kühlt sofort den Schweiß. Das Schild 'Privado' ignoriert sie dreist.

„Hoffentlich erwischt uns niemand", sagt Nina, „die vielen Wachhunde überall machen auch nicht gerade einen friedlichen Eindruck." Mit mulmigem Gefühl sucht sie sich einen dicken, passenden Wanderstock.

Eine gute Stunde durchschreiten die Freundinnen gemächlichen Spazierschrittes den Wald, dann lichtet er sich und gibt einen herrlichen Blick zum tiefblauen Meer frei. In weiter Ferne ziehen Boote weiße Schaumkronen hinter sich her. Auf dem Berg gegenüber ragt ein brauner Turm in den Himmel.

„Ist das schön hier", sagt Nina begeistert. „Diese Aussicht, diese himmlische Ruhe, dazu diese herrlich würzige Luft." Sie filmt und filmt. Anne setzt sich ins Gras, steckt sich zufrieden ein Zigarettchen an, kramt den Reiseführer aus dem Rucksack und liest laut:

» Die Flucht- und Signaltürme entlang der Küste entstanden bis ins 19. Jahrhundert. Eine Folge der Pest war erheblicher Landarbeitermangel. Deshalb konnten viele Felder nicht mehr bewirtschaftet werden. Mallorquinische Piraten unternahmen Kaperfeldzüge. Aus Rache wurde die Insel immer wieder ausgeraubt. Nach und nach betrieben die Bauern in Küstennähe kaum noch Ackerbau. Die Bewohner dortiger Höfe, die nicht ins Landesinnere ziehen wollten, wurden verpflichtet, sichere Fluchttürme zu errichten. Dennoch kamen immer wieder Angriffe vor. Zuerst landeten fremde Piraten in der Bucht von Pollenca und zogen plündernd bis Inka. 1750 drangen sie auch in Port Soller ein, zerstörten den Ort Soller ein paar Kilometer landeinwärts... «

Derweil pult Nina mit ihren von Gichtknoten gezeichneten Fingern die Schale einer Orange ab. Insgeheim vermisst sie Opas altes Klappmesser.

„Hier, iss auch einmal etwas gesundes", unterbricht sie die Freundin. Anne lehnt dankend ab, klappt die Broschüre zu, betrachtet den Felsen zur rechten und sinniert:

„Der sieht wie ein riesiger Geier aus."

„Von meiner Perspektive gleicht er eher einem Penis", widerspricht Nina. Sie beißt ins trockene Brötchen, nimmt einen kräftigen Schluck vom inzwischen Pup warmen Mineralwasser.

„Schmeckt 's?", fragt Anne schmunzelnd.

„Wie verrückt!" Nina klopft ihre Hände ab, versenkt die Kamera im Rucksack.

„Komm, lass uns weiter gehen", sagt sie energisch und schreitet beschwingten Schrittes voran. Plötzlich stürmt aus dem Schatten der Bäume ein Esel direkt auf sie zu. Sein wildes trompeten klingt wie das Martinshorn eines Unfallwagens. Zu Tode erschrocken fährt Nina zusammen, presst die Hand auf ihr pochendes Herz. Ein dünner Maschendraht bremst das Ungetüm.

„Das kann doch nicht wahr sein, hast du ein Organ", stammelt Nina. „Willst du uns begrüßen oder verscheuchen?" Immer noch schlotternd, zieht sie die Kamera aus dem Rucksack. Bis die startklar is verstummt das Vieh, lässt sich total friedlich von Anne die Nase streicheln.

„Los erschreck ihn mal", sagt Nina. Sie stampft mit dem Fuß auf den weichen Boden, ohne die geringste Wirkung zu erzielen.

„So ein Schiet. Man muss die Kamera tatsächlich immer in der Hand behalten. Jetzt ist mir die spannendste Aufnahme entgangen."

„Die hättest du vor Schreck eh verwackelt."

Nina ignoriert Annes lästern, hängt sich verärgert die Kamera über die Schulter und spaziert eine ganze Weile schweigend neben der Freundin her.

„Wenn du dir in dieser Einsamkeit den Fuß verstauchst, findet dich kein Arsch", mosert sie unvermittelt. Im gleichen Augenblick biegen Wanderer in zünftiger Aufmachung um die Kurve. Sie grüßen freundlich. Einer sagt:

„Da vorn ist der Weg zu Ende. Man kommt nicht weiter, der Berg fällt steil in die Tiefe." Anne, deren Kaffeedurst sie längst zurück in den Ort lockt, ist hocherfreut. Nina setzt ihren Schritt ungläubig fort.

„Wen trifft man hier? Natürlich Deutsche", flüstert sie abfällig. „Wir hätten auch in den Harz fahren können."

Der Weg endet tatsächlich abrupt. Bevor sie sich in der abschüssigen Wildnis tatsächlich etwas brechen, kehren die Freundinnen um.

„Wir müssen uns eben eine Wanderkarte besorgen", sagt Nina.

Bald sehen sie die ersten Dächer der Häuser von Port de Soller, darunter die Bucht in gleißender Sonne.

„Der Rückweg war viel kürzer", stellt Nina fest.

„Auf dem Hinweg fragt dich jeder Baum,' Fremder, wo kommst du her? Wo willst du hin?' Beim Rückweg kennt dich jeder Baum, hält dich mit keiner Frage auf. Deshalb geht es schneller."

„Das ist eine nette Geschichte, erzähl sie doch noch einmal." Eilig richtet Nina die Kamera zur Freundin. Anne wehrt lachend ab.

Im Ort lenken die beiden ihre Schritte zum lauschigen, von Weinranken überdachten Gartenlokal, in dem sie bereits am ersten Abend eingekehrt waren. Anne bestellt sich Cappuccino, Nina frisch gepressten Orangensaft. Die Lippe des Obers ziert Herpes.

„Der hat zu viel geküsst", sagt Nina. Er nickt breit grinsend. Verschämt wie ein junges Mädchen schlägt sie die Augen nieder.

„Vergesse doch immer wieder, dass hier fast alle Deutsch verstehen." Ihr steigt ein grässlicher Mief in die Nase. „Hier stinkt es nach Klo", schimpft sie entsetzt. Der Ober deutet grinsend zum Gully neben ihrem Stuhl. Er bietet den Freundinnen einen anderen Platz an. Dort streckt Anne die

Füße weit von sich, beobachtet interessiert das Publikum beim Flanieren. Männer, die ihre dicken Bierbäuche vor sich her schieben, in viel zu engen, gerippten Unterhemden, knallbunten, kurzen Hosen und unmöglichen Socken. Die Frauen an ihrer Seite sehen auch nicht gerade aus, als seien sie einem Modejournal entsprungen. Ein Kind zerrt unwirsch an der Hand seiner Mutter. Ein junges Pärchen bleibt Arm in Arm stehen, betrachtet mit ernster Miene die Preistafel im Schaukasten. Nein, sie kehren nicht ein. Ein smarter Einheimischer im dunklen Anzug bahnt sich seinen Weg geschäftig zwischen den Touristen. Autos hupen in einem fort.

„Schrecklich diese Hektik hier im Ort", sagt Nina. „Nach unserer Wanderung kann ich allerdings verstehen, dass Mallorca 'Insel der Ruhe' genannt wird. Das war wirklich schön, das sollten wir wiederholen." Anne nickt zustimmend, greift in stoischer Gelassenheit erneut zur Zigarettenschachtel obwohl sie ihren Cappuccino längst ausgeschlürft hat. Nina bestellt sich ein zweites Glas frisch gepressten Orangensaft.

„Wenn ich so viel trinke, muss ich so oft pinkeln", nörgelt sie.

„Wieso bestellt du dir dann noch etwas?"

„Wir können hier doch nicht ewig am leeren Tisch sitzen."

„Natürlich können wir. Machen die Spanier auch. Schau einmal hinüber, die Leute sind weniger zart besaitet." Am Tisch neben dem Gully lässt sich eine Familie ihr Mittagessen schmecken. Kopfschüttelnd beharrt Nina:

„Da stinkt es wirklich. Gib mir mal das Portmonee, werde dem Ober ein großzügiges Trinkgeld geben, muss ja etwas gut machen."

„Willst Eindruck schinden, gib's zu." Anne grinst amüsiert.

Kaum zurück in der 'Finca', legt sich Nina zum Relaxen aufs Bett, streckt den Arm unter den Kopf, schaut hinaus in die Baumwipfel. Kein Blatt bewegt sich. Anne klebt sich ein Pflaster über die dicke Blase am Hacken, lässt die Utensilien unordentlich herum liegen und nimm ihre Postkarten zur Hand.

„Werde schreiben, damit die Urlaubsgrüße noch vor mir in Deutschland ankommen." Sie setzt sich an den kleinen Tisch. Ein Weilchen später folgt Nina dem Beispiel, sortiert den Stapel ihrer Karten, diese für diese, jene für jenen. Aus ihrem Notizbuch überträgt sie fein säuberlich Adressen, danach grübelt sie verbissen.

„Wenn ich dich so schnell schreiben sehe, fällt mir gar nichts ein", sagt sie, „das hemmt mich."

„Kannst ja abschreiben." Anne schiebt ihr die fertigen Karten zu.

„Ach, ich habe keine Lust, kann mich eh nicht konzentrieren. Außerdem haben wir ja auch noch gar nichts erlebt." Mit Schwung wirft sie sich rücklings aufs Bett.

„Au verdammt." Dieses Mal erwischte die harte Bettkante Ninas stramme Wade.

„Jetzt humpeln wir wenigstens beide, du links, ich rechts", lacht Anne. Sie leckt genüsslich an den Briefmarken, klebt eine nach der anderen sorgfältig auf die Karten.

„Fertig. Spazieren wir vor oder nach dem Abendessen zum Briefkasten?" Nina, die Anne aus schmalen Augenschlitzen beobachtete, stellt sich schlafend. Anne schlüpft in ihre offenen Sandalen, gibt der Freundin einen zarten Klaps.

„He, du Krone der Schöpfung, schlafen kannst du nachts."

In der Altstadt öffnen sich überall Fensterläden, die tagsüber Stuben vor der Hitze schützen. Frauen gießen die aufgereihten Blumentöpfe vor ihren Häusern. Vereinzelt laufen Kinder durch die engen Gassen. Katzen schleichen zu Haufe herum. Ein Pastor geht gemächlich zur kleinen Kirchentür, seine Puschen schlappen bei jedem Schritt. Der

Antiquitätenhändler wedelt vor seinem Laden mit einem Mob den Straßenstaub von den Bildern, fährt einer abgebildeten Schönen über den nackten Allerwertesten. Anne lacht schallend. Nina filmt gerade die Bucht unterhalb, sie leuchtet in der Abendsonne orange bis violett. Der empfohlene, aller, aller schönste Aussichtspunkt für Sonnenuntergänge befindet sich auf einem Felsvorsprung rechter Hand. Bis Nina und Anne dort ankommen, hängt nur gräulich weißer Dunst über dem offenen Meer. Anstatt glutrot ins Meer zu sinken, versteckt sich die Sonne lediglich hinter Schleierwolken.

„Ist ja enttäuschend", sagt Nina, „von meinem Balkon aus habe ich wesentlich schönere Sonnenuntergänge gesehen." Anne hält spontan ihre Sonnenbrille vor die Linse der Kamera. Siehe da, die Sonne erscheint glutrot.

„Was für ein himmlischer Anblick", gackert sie ohne die leiseste Spur von Romantik.

„Sei doch still, versaust allen Leute die Stimmung", flüstert Nina vorwurfsvoll.

„Denen werde ich meine Sonnenbrille auch anbieten. Gegen einen kleinen Obolus, versteht sich." Anne bekommt sich vor lachen nicht ein.

„Alberne Gans. Bist du eigentlich sechzehn oder sechzig?" sagt Nina und zieht die Freundin energisch mit sich.

5. Urlaubstag

Pünktlich stellen sich die Freundinnen am Treffpunkt für ihren nächsten Ausflug ein. Außer einem Familienvater mit Frau und Tochter wartet noch niemand. Es ist relativ kühl zu dieser frühen Stunde. Fröstelnd kramt Nina ihre Jacke aus dem Rucksack. Anne schlendert ein Stückchen weiter in die Morgensonne.

„Kurios, der Bus müsste doch längst da sein", sagt Nina zu der Familie.

„Mit Verspätung muss man in Spanien immer rechnen, die kennen die deutsche Pünktlichkeit hier nicht", antwortet der lange, hagere Mann reichlich überheblich.

Zehn Minuten später tritt er nervös von einem Bein aufs andere. Die Tochter nörgelt. Ihre Mutter weist sie zurecht. Anne gesellt sich wieder zu Nina, schlägt vor, das Reisebüro aufzusuchen.

„Entweder hat man uns eine falsche Zeit oder den falschen Ort angegeben. Die müssen uns wenigstens das Geld zurückerstatten."

„Das Geld zurück? Das nützt mir gar nichts", mischt sich der lange, hagere Mann verärgert ein. „Es ist unser letzter Ferientag. Ich will unbedingt in die Bucht von La Calobra, das darf man einfach nicht verpassen. Entweder bezahlen die uns ein Taxi oder stellen einen Mietwagen zur Verfügung." Seine Frau nickt eifrig.

Auf den Weg zum Reisebüro schaut sich Nina zweifelnd um, geht langsamer und flüstert:

„Du, mit denen mag ich beim besten Willen nicht hinterher fahren."

„Müssen wir auch nicht, wir bleiben ja noch ein paar Tage hier."

Die Angestellte im Reisebüro stellt sich unwissend, versteht plötzlich kein Deutsch. Der Familienvater wiederholt das Problem in englisch. Sie wälzt den Fehler plump ab. Er flippt aus, wird laut. Sie weicht erschrocken drei Schritte zurück, greift zum Telefon, diskutiert mit hitziger Stimme. Am Ende knallt sie den Hörer auf, wählt erneut. Wenig später fährt ein Mietwagen vor. Der Familienvater nimmt immer noch wütend die Papiere und den Schlüssel in Empfang, stürzt hinaus. Frau und Tochter trotten im Entenmarsch hinterdrein.

Anne bekommt indessen die Peseten ohne weitere Erklärungen zurück, auch für den dritten gebuchten Ausflug, den sie ebenfalls energisch storniert. Solch ein

Fiasko möchte sie kein zweites Mal erleben. Nina, die sowieso viel lieber wandert, nimmt 's gelassen.

Vom Reisebüro aus lenken die Freundinnen ihre Schritte in Richtung Soller, lästern über den hageren, verbissen wirkenden Ehemann, seine hässliche Olle und die fette Tochter. Der Weg führt bergauf und bergab, vorbei an endlosen Plantagen. Zitronen- und Orangen verbreiten einen herrlichen Duft. Nina filmt die Früchte fasziniert - mal in der Totalen, mal im Detail -. Sind es hundert, sind es tausend?

„Warum erntet die keiner, die sind doch reif", sagt sie. „Hier, halte mal bitte die Kamera." Sie steigt auf die niedrige Steinmauer, drückt ihren Bauch gegen den Maschendraht, angelt mit ihren kurzen Armen schräg nach oben. Es sieht aus, als wolle sie von einem Sprungbrett abheben.

„Da steht ein Tor offen." Anne zeigt amüsiert nach vorn. Nina schaut prüfend in alle Richtungen. Kein Mensch ist in Sicht, in weiter Ferne klingen lediglich die Glöckchen von Schafen. Ruck zuck rennt Nina zum Tor, deckt sich mit Wegzehrung ein und ruft freudestrahlend:

„Ist nur Mundraub, ist nicht strafbar. Geklaute Orangen schmecken eben am besten...! Ist wie mit Kirschen aus Nachbars Garten. Ich lerne schnell, was...?"

Bald sehen die Freundinnen Soller vor sich liegen. Das Tal erstreckt sich in den Farben der Früchte.

„Jetzt weiß ich, weshalb im Reiseführer vom 'goldenen Tal' die Rede ist", sagt Nina beeindruckt, lässt die Kamera laufen, drückt die Zoomtaste und holt die gewaltige, graue Kathedrale inmitten des Häusermeeres nah heran.

„Bis dahin ist es noch ein ganz schön weiter Weg", sagt sie, drückt Anne die Kamera in die Hand. „Ich muss ganz dringend." Eilig verschwindet sie in den Büschen, verschafft sich Erleichterung. Von einem kleinen Verschlag hinter der Hecke tönt eine Männerstimme:

„No aqui mismo!" Zu Tode erschrocken will Nina den Strahl unterbrechen, doch der Druck ist zu stark. Sie strullt endlos wie eine Kuh, rafft dann eilig die Hose hoch und stolpert Hals über Kopf zurück zum Weg. Erst dort schließt sie den Reißverschluss ihrer Jeans.

„Siehst richtig erleichtert aus", frotzelt Anne bei laufender Kamera.

„Ach, du nun wieder, das überspiele ich sowieso. Hast du das gehört? Jemand rief - no aquimismal - oder so ähnlich ... "

„Nicht scheißen", übersetzt Anne frei. Sie lacht sich schlapp, während Nina schon zwanzig Schritte weiter japsend zum Asthmaspray greift. Erst im Ort, beim Anblick der stattlichen Herrenhäuser, der prächtigen Gärten rundherum, beruhigt sie sich langsam. Die Pforte der Kathedrale ist verschlossen, verwehrt ihnen einen Blick ins Innere. Auf der weitläufigen Fläche davor stehen Tische und Stühle etlicher Cafés. Es herrscht reges Treiben. Nina entdeckt einen freien Platz, steuert zielstrebig darauf zu.

„Ich komme gleich nach." Anne flitzt ins nächstgelegene Restaurant, um ihre Notdurft zu verrichten.

„Hier gibt es nur Kleinigkeiten, dabei habe ich solchen Hunger", mault Nina, als Anne sie endlich gefunden hat.

„Dann lass uns dort einkehren wo ich gerade herkomme. Wenn das Essen nur halb so gut ist wie das Ambiente, werden wir nicht enttäuscht."

Auch Nina beeindruckt die gemütliche Einrichtung, die einladend hübsch gedeckten Tische, das gepflegte Publikum, das sich wohltuend von den üblichen Touristen abhebt. Die Speisekarte mit dem vielfältigen Angebot versetzt sie regelrecht in Ekstase. Sie bestellt eine Paella für zwei Personen, dazu empfiehlt der Ober einen köstlichen Weißwein.

„Wilhelm hat uns auch einmal eine Paella zubereitet, er ist wirklich ein toller Hobbykoch, das muss der Neid ihm lassen. Schade, dass der uns hier nicht sehen kann. Du, der würde platzen", sagt Nina. Ihre dunklen Augen glänzen.

„Vermisst ihn immer noch, stimmt's?"

„Keineswegs, der kann mich mal. Brauche nur an unseren letzten, gemeinsamen Urlaub zu denken, der war eine einzige Katastrophe..." Anne schmunzelt still vergnügt in sich hinein. Der Ober rollt den Servierwagen heran, in der Pfanne die dampfende, duftende Paella. Überwältigt schlägt Nina die Hände zusammen.

„Die Portion reicht ja für ein ganzes Regiment."

Währen der Ober geschickt Portionen auf den Tellern anordnet, greift Nina zur Kamera, filmt Fische, Scampis und Langusten - mal in der Totalen, mal im Detail - . Anne spießt eine Muschel auf die Gabel, schiebt sie langsam in den Mund, drückt sie sinnlich mit der Zunge gegen den Gaumen.

„Es heißt, gutes Essen sei der Sex des Alters. Ist etwas Wahres dran."

„Da muss mir etwas entgangen sein", lacht Nina vergnügt. Vor lauter Schwelgen und Schwatzen entgeht den Freundinnen, dass sich draußen dicke Gewitterwolken zusammenballen. Bestens gelaunt wollen sie nach dem vorzüglichen Mittagsmahl noch etwas durch die Straßen bummeln und anschließend mit der Bimmelbahn zurückfahren.

Vor der Tür schaut Anne besorgt zum Himmel.

„Ach, die paar Wolken machen gar nichts, die sind fotogen. Der ewig blaue Himmel war ja schon langweilig", sagt Nina. Wild entschlossen marschiert sie los. Urplötzlich entlädt sich der Himmel in einem gewaltigen Platzregen. Schneller als Anne gucken kann, flüchtet Nina quer über die Straße ins nächste Café. Es ist bereits proppenvoll und überwiegend von deutschem Stimmengewirr erfüllt. Sie drängt sich an die Theke, bestellt zwei Espresso. Hinter dem Rücken der flink bedienenden Mädchen vergrößert eine riesige Spiegelwand den langgestreckten Raum optisch. Nina entdeckt Anne, winkt ihr hektisch zu.

„Siehst ja wie ein begossener Pudel aus", sagt sie, „ich bin wenigstens einigermaßen trocken geblieben."

„Höre ich da etwa Schadenfreude in deiner Stimme?" Die beiden schlürfen den Espresso im Stehen. Von Annes Nase tropft es direkt in die Tasse. Ihr klitschnasses T-Shirt klebt hauteng an.

„Das muss ich filmen, du siehst wirklich zum schieflachen aus", sagt Nina. Anne schneidet eine traurige Grimasse, schiebt eine Hand unters T-Shirt, markiert Herzklopfen. Vor lachen verwackelt Nina die Aufnahmen. Sie reicht Anne die Videokamera.

„Ich kapituliere, darfst mich aufnehmen. Aber nur in gebührendem Abstand, sonst erkennt man die Falten zu deutlich", sagt sie. Anne kämpft sich nach hinten durch, zu ein paar Stufen die nach oben führen. Sie hat einen tollen Überblick, stützt den Ellenbogen aufs Gelände und holt ihre durchaus fotogene Freundin durch das Zoom doch nah heran. Nina steckt sich gerade eine Zigarette zwischen die Lippen und mimt theatralisch die Rauchende.

Inzwischen ist der Spuk draußen vorbei. Zwischen wenig verbleibenden Wolken erstrahlt der Himmel wieder in schönstem Blau.

„Lass uns ruhig zurück wandern, tut unseren vollgefressenen Bäuchen gut. Jetzt nach dem Regen ist die Luft besonders würzig. Bei der Wärme trocknen deine Sachen schnell", sagt Nina.

„Du kannst ja laufen, ich fahre lieber mit der Bimmelbahn."

„Faule Nuss. Wir haben doch jede Menge Zeit", beharrt Nina. „Schau dir diese wartende Masse an, da kommen wir eh nicht mit." Anne schreitet stur weiter in Richtung Station. Von der anderen Seite kommt die Bahn unmittelbar angerollt, hält mit einem langen, schrillen, Gänsehaut erzeugenden Quietschen. Es gibt kein entrinnen, Nina wird gnadenlos geschoben, landet wohl oder übel auf der zugigen Plattform. Vor ihr steht ein Hüne, sein harter Rucksack quetscht ihr den Busen ab. Verbissen kämpft sie dagegen an. Er bemerkt weder ihr Schubsen noch ihr Schimpfen während der geräuschvollen, wackligen Fahrt. Nach knapp dreißig Minuten in Port Soller angekommen, ist Nina völlig erledigt.

„Wenigsten mussten wir für diese Tortour nicht auch noch bezahlen", stöhnt sie. Anne lässt die Freundin in dem Glauben, bremst ihren Schritt an einem Zeitungsständer, zieht ein deutsches Boulevardblatt heraus und liest gespannt den Wetterbericht.

„Zu Hause hatten sie gestern auch achtundzwanzig Grad, es war der wärmste Tag in diesem Frühling. Schade eigentlich." Ungeniert friemelt sie das Blatt zurück in den Ständer.

„Du bist unmöglich. Wo bleibt deine gute Erziehung?" Kopfschüttelnd sucht Nina zwei Illustrierte aus, drückt sie der Freundin in die Hand und sagt streng:

„Los, bezahle die jetzt." Anne geht bereitwillig in den Laden. Nina spiegelt sich derweil im Schaufenster. Entsetzt über das, was sie sieht, streift sie mit den Fingern durch die zerzausten Haare.

„Wie kannst du mich so herumlaufen lassen? Sehe ja wie meine eigene Putzfrau aus. Ich gehe sofort zum Friseur. Außerdem brauche ich unbedingt eine Gesichtsmassage", sprudelt sie los als Anne noch halb in der Tür steht. Resolut dreht sich Nina um.

„Verlauf dich nicht." Anne schlägt verblüfft die andere Richtung ein. ‚Natürlich, der Begriff 'Putz – Frauen Insel' ist beim Friseur entstanden', denkt sie vor sich hin lächelnd.

„Oh, was sehen gnädige Frau gut aus." Annes hellblaue Augen blinzeln vom Liegestuhl aus zu Nina hoch.

„Altes Lästermaul. Du bist unerträglich! Los erheb deinen müden Hintern, ich brauche das Portmonee. Mein Gott, war mir das peinlich. Erst als ich bezahlen wollte, fiel mir ein, dass ich gar kein Geld bei mir habe. Als Pfand hinterließ ich meine Kamera. Hätten wir in dieser Nobelhütte wenigstens ein Telefon, dann hätte ich dich früher hoch gejagt. Jetzt muss ich da noch einmal hin. Du kommst doch hoffentlich mit? Anschließend könne wir essen gehen, ich habe schon wieder Hunger. Außerdem will ich heute noch etwas erleben", sprudelt Nina ohne Luft zu holen.

Anne springt lachend auf, wechselt im Bad den Badeanzug gegen Slip und BH, bürstet kurz die glatten Haare, schlüpft in ihr gelbes Seidenkleid mit dem tiefen Dekolleté, wirft einen prüfenden Blick in den Spiegel und ist zufrieden.

„Guten Abend Señoras", grüßt der kleine, pummelige Señor Rico die Freundinnen freundlich am Eingang zum Speisesaal.

„Der hat nur Augen für dich, der mag halt Blonde", sagt Nina. „Na, ich habe für Männer mit Schnauzbart eh nichts übrig", sagt sie. Dabei legt sie sich drei weitere Scheiben Schinken zur Melone auf den Teller. Am Tisch gießt Anne den letzten Tropfen Vino rosé ins Glas, geht zur Getränkebar, um eine neue Flasche zu kaufen.

„Hat Señor Rico eigenhändig für mich entkorkt", neckt sie Nina. Die überhört es beflissen, sagt:

„Der ist garantiert verheiratet. Zu Hause hat der sicher eine Schar Kinder oder sogar Enkel herumlaufen, der hat ja schon graue Schläfen. Sein schwarzer Bart ist bestimmt gefärbt."

„So genau habe ich ihn noch gar nicht betrachtet." Grinsend greift Anne zur Zigarette. Nina widmet sich immer noch hingebungsvoll ihrer Nachspeise, dem Schokoladeneis - ohne Spargelcremesuppe -. Anschließend besteht sie auf den unvermeidlichen Verdauungsspaziergang.

„Du weißt doch, heute will ich noch etwas erleben."

Am Strand ist es total windstill. Das Wasser ist spiegelglatt, rauscht nur leise. Die Sonne verschwindet langsam hinter dem Berg. Laternen erleuchten die Promenade. Im fahlen Zwielicht huschen winzige Krebse über den Sand. Ein einsamer Angler versucht sein Glück noch immer.

„Dessen Familie muss aber lange aufs Abendessen warten."

„Lästermaul", sagt Nina genervt, „verdirbst wieder die ganze sentimentale Stimmung." Eine Weile spazieren sie schweigend nebeneinander her.

„Kannst mich zu einem Cocktail einladen", sagt Nina unvermittelt.

„Bei deinem Herpesober?"

„Quatsch!" Vom Straßencafé dringen Töne einer Hammondorgel herüber.

„Hörst du das, da spielt sogar jemand. Wundert mich, dass hier kaum Musik geboten wird." Nina, putzt den Sand von ihren Füßen und schlüpft in die zierlichen Sandalen.

„Ist halt noch Vorsaison. Möchtest du gerne das Tanzbein schwingen?"

„Na klar, wenn du mir den passenden Tänzer engagierst."

„Wie wär's mit dem da?" Anne deutet zu einem dicken Seebären, mit Käppi und Rauschebart.

„Ach nein, du magst ja keine Bärte." Lachend versetzt ihr Nina den x-ten Rippenstoß.

„Dos Martini Cocktails por favor."

„Donnerwetter, dein Spanisch ist perfekt", lobt Anne schmunzelnd.

„Mein Gott, haben wir überhaupt genug Geld dabei?" Nina durchschießt es heiß und kalt.

„Nee", antwortet Anne gedehnt. „Nach deinem Friseur-besuch hätten wir zur Wechselstube gehen sollen", ergänzt sie todernst.

„Los, lass uns abhauen bevor der Ober kommt", flüstert Nina peinlichst berührt. Unruhig beobachtet sie die Geschäftigkeit der dicken Wirtin, überhört die lieblichen Klänge der Hammondorgel, ihre Gedanken kreisen einzig und allein um eine Fluchtmöglichkeit. Sie hat kein Auge mehr für den sternklaren Himmel, die romantisch beleuch-tete Promenade, das Dümpeln der Schiffe im ruhigen Wasser, das Blinken der beiden Leuchttürme. Weg nur weg hämmert es in ihrem Kopf.

„Die Wirtin hat uns eh vergessen. Die Leute, die nach uns kamen, haben ihre Getränke längst", stellt Anne gelassen fest. Nina springt entschlossen hoch, rennt etliche Meter bis zu einer Reklametafel. Dahinter versteckt, schaut sie vor-sichtig wo Anne bleibt. Wieder durchschießt es sie heiß und kalt. Die Kamera! Wo ist die Kamera? Wie angestochen hastet Nina zurück, vorbei an der Freundin, hin zum Straßencafé. Zum Glück hängt die Kamera noch über der Stuhllehne. Sie reißt das teure Stück hektisch an sich, ihr Herz klopft wild.

„Señora.., Señora...", kreischt die dicke Wirtin laut über die Köpfe der Gäste hinweg. In einer Hand jongliert sie das Tablett mit Getränken, die andere schwenkt sie drohend zur Faust geballt durch die Luft. Erneut ergreift Nina panisch die Flucht. Bei Anne angekommen keucht sie völlig aus der Puste:

„Stell dir nur vor, jemand hätte meine Kamera mitgenom-men. Unser schöner Film wäre dahin gewesen. Ich wäre durchgedreht. Wie konnte ich sie nur vergessen? Oder..., oder jemand hätte sie bei der Wirtin abgegeben. Hättest sie keifen hören sollen. ‚Señora.., Señora...' Heute Nacht werde ich bestimmt Albträume haben..." Nina ist den Tränen nahe. Anne versucht vergeblich, sie zu beruhigen.

„Hätte ich den Verlust erst in der Hütte bemerkt, hätten wir den langen Weg noch einmal zurückgehen müssen. Die Kamera wäre bestimmt weg gewesen. Nicht auszudenken." Japsend sprüht sie ihr Asthmaspray in den Rachen. Anne beschleicht langsam ein schlechtes Gewissen. Die Peseten in ihrem Portemonnaie reichen dicke auch noch für die kommenden Tage. Das gesteht sie Nina erst in der Finca.

„Kannst dich ruhig auf deine Finanzministerin verlassen."

„Ich könnte dich umbringen", sagt Nina garstig, steigt ins Bett, stöpselt sich Ohropax ein und knipst das Licht aus.

6. Urlaubstag

Annes erster Blick gilt dem Himmel. Ein paar Cumuluswolken zieren ihn, lassen erneut einen schönen Tag erwarten. 'Wenn Engel reisen', denkt sie zufrieden und geht ins Bad.

„Donnerwetter, bist ja von Tag zu Tag früher im Gange", sagt Nina verschlafen.

„Das ist die senile Bettflucht", erklärt Anne lachend. Zur Wiedergutmachung überlässt sie Nina die Gestaltung des Tages.

Sie kraxeln erneut in die Berge, zur Seite des uralten, mächtigen Fluchtturms. Vor seinem braunen Holztor hängt eine dicke Kette mit einem verrosteten Schloss. Nina lässt die Kamera ununterbrochen surren.

„Jeder Blick ist wunderschön, kann mich gar nicht satt sehen", sagt sie und macht einen Schwenk über die Steilküste. Danach klettert sie waghalsig auf den Felsen herum, ist voll in ihrem Element, balanciert immer näher an den Rand des Abgrunds. Anne fühlt ein beängstigendes Kribbeln im Bauch. Vor ihrem inneren Auge sieht sie Nina bereits abstürzen. Fehlt nur ein Schreck vom Stich einer

Biene..., vom Biss einer Klapperschlange..., ein wackliger Stein..., ein kleiner Schubs...!

Nina legt sich flach auf den Bauch, robbt noch ein Stückchen vor, hält die Kamera mit ausgestreckten Armen in die Tiefe, um beeindruckende Aufnahmen einzufangen. Anne rupft einen Grashalm aus, tritt langsam, ganz langsam Schritt für Schritt auf Nina zu. 'Wenn du sie jetzt in den nackten Kniekehlen kitzeln würdest...?' Nina dreht sich um.

„Hast doch keinen Grund, mich umzubringen", sagt sie süffisant lächelnd, als hätte sie Annes Gedanken gelesen.

„Gib mir einmal die Kamera. Deine Pose muss unbedingt festgehalten werden."

Die Freundinnen wandern weiter, finden eine verendete Möwe zwischen den Steinen. Weiter unterhalb entdecken sie ein halb verwestes Schaf. Anne dreht den Kopf angewidert zur Seite. Nina sagt nachdenklich:

„Was mich wohl zu Hause erwartet? Ob es der Mutter gut geht? Ob sie noch lebt?" Sie macht eine wegwerfende Handbewegung. „Ach", sagt sie, „wenn etwas passiert kann man es eh nicht ändern. Will es gar nicht wissen. Natürlich würde es uns die ganze Erholung verderben. Bei deinem klapprigen Vater musst du ja auch mit dem Schlimmsten rechnen."

„Reichlich beschränkt, diese trüben Gedanken an einem solch herrlichen Tag. Lass uns das Thema wechseln."

„Mit Wilhelm war ich einmal in Bayern. Die Pension hatte er im Internet ausgesucht. Auf dem Foto war ein hübsches, weißes Häuschen abgebildet. Im Garten davor standen einladend Tische und Stühle unter hohen Bäumen. Bei unserer Ankunft bekamen wir ein Zimmer zum Hof. Als ich die Vorhänge vom Fenster zog, fiel mein Blick auf zig Särge. In der ehemaligen Scheune hinter dem Haus war die Werkstatt eines Sargtischlers. Wilhelm störte das keineswegs, der konnte gar nicht verstehen weshalb ich woanders hin wollte. Du hättest seine Fresse sehen sollen. Der war ja so etwas von eingeschnappt."

„Und, seid ihr umgezogen?", prustet Anne mühsam.

„Nee." Nina schüttelt heftig ihren schwarzen Lockenkopf. „Wir liehen uns Fahrräder, waren tagsüber auf Achse. Die wunderschöne Gegend entschädigte, aber zum Schlafen kehrten wir in das grässliche Zimmer zurück. Du, das waren vielleicht heiße Liebesnächte dort." Erneut schüttelt sich Anne reinweg aus. Als sie ihre Fassung wiederfindet, erzählt sie:

„Bei meinem ersten Urlaub hier auf der Insel war ich süße siebzehn. Meine Freundin Edda war ein Jahr älter und um Längen selbstbewusster. Wir hatten uns Portocristo an der Ostküste ausgesucht. Um zu sparen, buchten wir die Dependance des Hotels. Vor Ort stellten wir fest, dass es da viel hübscher war als im Hotel. Ein nettes Stubenmädchen stellte uns ständig frische Blumen ins Zimmer. Nach einer Woche lud sie uns sogar zum Abendessen bei ihrer Familie ein.

Die meiste Zeit verbrachten wir natürlich am Strand. Bevor wir uns in die kalten Fluten stürzten, es war schon Mitte Oktober, tranken wir uns mit einem Glas flambiertem Cognac Mut an. Das kostete nur fünfzig Pfennige. Nach dem Schwimmen wärmten wir uns mit dem nächsten Glas in der kleinen Bar gegenüber des Strandes. Dabei flirteten wir mit den stolzen Spaniern um die Wette. Edda eroberte einen nach dem anderen, zu meinem großen Verdruss war einer schöner als der andere. Mich ließ Carlos nicht aus den Klauen, ein schmächtiges Kerlchen. Immerhin war er gut betucht und übernahm meist die Rechnung für alle.

Im Abendlicht wirkte die Bucht von Portocristo wie eine mächtige Kulisse des Opernhauses. Die Sonnenuntergänge waren wild romantisch. Im fahlen Mondlicht sahen die riesigen Pinien rundherum gespenstisch aus. Bei jeder

Sternschnuppe schickte ich sehnsuchtsvolle Wünsche zum Himmel.

Einmal führte uns Carlos durch den Felsgang der Tropfsteinhöhle Cuevas del Drach. Der Gang endete in einer Grotte an einem unterirdischen See. Damals kamen Boote von allen Seiten herein gerudert, darin saßen Geiger, fiedelten gefühlvoll die Baccarole. Bald erfüllten die Klänge das gewaltige Gewölbe, peu a peu wurde es hell erleuchtet, die Boote legten an, die Musiker stiegen aus. An ihrer Stelle wurden die Besucher über den einhundert siebenundsiebzig Meter langen See ins Freie gerudert. –

Jahre später, bei meinem zweitem Besuch der Grotte, kam die Musik lediglich vom Tonband. Das ganze Spektakel beschränkte sich auf die Illumination. Die war zwar immer noch eindrucksvoll, dass die Besucher die Grotte jedoch zu Fuß verlassen mussten, enttäuschte mich unendlich.

Portocristo hatte inzwischen einen Hafen, der Badestrand war dadurch nur noch halb so lang. Carlos war verheiratet und hatte drei Töchter."

„Willst ihn doch nicht etwa besuchen?", fragt Nina.

„Du, der guckt sich die Radieschen bereits von unten an. Die Todesanzeige schickte mir seine Älteste, die er übrigens Anne genannt hatte."

„Womit wir wieder beim Thema wären", sagt Nina.

In dieser Nacht wälzt sich Anne unruhig im Bett. Sie träumt von Beerdigungen, erwacht schwitzend. Nina schleicht gerade vorsichtig zur Toilette - ohne sich dabei zu stoßen..!

7. Urlaubstag - Ninas Geburtstag

In aller Herrgottsfrühe kramt Anne aus dem untersten Teil ihres Koffers den mitgeschleppten Bildband von Mallorca, eine in Seidenpapier gewickelte Geburtstagskerze samt

Ständer. Sie legt das Buch auf den Tisch an Ninas Seite, entfernt vorsichtig das Papier von der Kerze, friemelt sie in den Ständer und zündet sie an. Danach öffnet sie so leise wie möglich die Tür, zieht im Garten die versteckte Sektflasche unter der Hecke hervor. Mangels edler Sektgläser stellt sie die profanen Zahnbecher aus dem Bad zum Anstoßen bereit. Nina schnarcht noch immer sanft vor sich hin. Anne schleicht erneut in den Garten, knickt ein paar kleine Zweige vom Busch, drapiert sie dekorativ um die Sachen und betrachtet zufrieden ihr Werk. An den Türrahmen gelehnt steckt sie sich eine Zigarette an, behält die Kerze im Auge, denkt, 'hoffentlich ist die nicht herunter gebrannt bis Nina aufwacht.' Als die Freundin endlich die Augen aufschlägt, singt Anne mit ihrer Reibeisenstimme:

„Happy birthday to you ...“

„Um Himmels Willen, ich will doch nicht feiern“, sagt Nina, „ich will gar nicht an den Geburtstag denken.“ Sie dreht sich flugs um, zieht die Decke wieder über den Kopf.

„Süße sechzig, freue dich doch, dass du noch keine siebzig oder achtzig wirst.“ Anne lässt den Sektkorken knallen.

„Auf nüchternen Magen mag ich keinen Sekt“, mault Nina, erhebt sich, reckt ihre Glieder, wirft dabei einen flüchtigen Blick aufs Buch und schlürft ins Bad.

„Prost Anne, dann trinkst du eben allein...“

Vor lauter Enttäuschung bekommt Anne beim Frühstück kaum einen Bissen herunter, überlegt angespannt, ob sie wirklich mit Nina nach Valldemosa fahren soll. Eigentlich ist ihr die Lust gründlich vergangen.

„Bist ja so schweigsam. Komisch, zu schmecken scheint es dir auch nicht. Ist dir etwa der Sekt auf den Magen geschlagen“, fragt Nina spitz.

„Wenn wir uns beeilen, erwischen wir noch den Linienbus. Der heutige Tag ist mein Geschenk für dich, lass dich überraschen." Nina ist dermaßen verblüfft, dass sie Anne widerspruchslos folgt.

„Gleich kommt das malerische Deia", erklärt Anne während der Fahrt. „Hoch über dem Meer gelegen, blieb das Bergdorf von Touristen weitgehend verschont."

„Steigen wir da aus?"

„Auf der Rückfahrt vielleicht, oder wir fahren später noch einmal hin."

„Schade." Ninas Mundwinkel klappen nach unten.

„Heute heißt unser Ziel Valldemosa", verrät Anne. Sie nimmt den Reiseführer zur Hand, liest daraus vor, um die Neugier der Freundin zu wecken.

»Valldemosa wurde durch den Aufenthalt von Frederic Chopin und George Sand berühmt. Sie verbrachten einen verregneten Winter in der Kartause. Die Schriftstellerin war verheiratet, allerdings nicht mit dem Komponisten. Das brachte zur damaligen Zeit Verdruss. Die Einheimischen waren dem ungleichen Paar nicht gerade wohl gesonnen. Inzwischen lebt der Ort von der Erinnerung an den Aufenthalt der beiden. Das ehemalige königliche Schloss wurde schon am Ende des dreizehnten Jahrhunderts zum Kloster umgebaut...«

„Schau dir lieber die liebliche Landschaft an, diese wunderschönen Olivenhaine", unterbricht Nina.

Der Bus hält nah am Eingang der Kartause. Anne lenkt ihre Schritte zielsicher zur Kasse und stellt sich geduldig an. Nina schaut sich um. Anstatt im Pulk der Touristen die Klosterkirche zu besichtigen, würde sie viel lieber durch die kleinen Gassen bummeln. Annes Wichtigtuerei geht ihr mächtig auf den Senkel.

Die gut erhaltenen Wohnräume des Klosters beeindrucken Nina dann doch. Alle sind liebevoll mit prächtigen

Blumensträußen geschmückt. Sie zückt die Kamera, filmt die alte, düstere Apotheke; die spartanischen Schlafzellen; das Klavierzimmer mit dem importierten Klavier, auf dem Chopin einst seine schönsten Weisen komponierte; die Glasvitrinen in denen die Notenblätter des Meistes ausgestellt sind.

„Hier kann man glatt die Zeit vergessen", sagt sie. Aus den Stuben führen Türen hinaus in kleine, duftende Rosengärten. Von denen aus lässt sich die grandiose Landschaft bewundern. Während Nina filmt, sieht Anne alle paar Minuten zur Uhr.

„Komm, jetzt gehen wir zum Musiksaal." Ausnahmsweise folgt Nina ohne aufbegehren. Zum Glück sind noch vereinzelte Plätze frei. Ein junger Mann betritt die Bühne, verbeugt sich würdevoll, setzt sich ans Klavier, greift in die Tasten und spielt gekonnt Chopins Etüden.

„Das ist ein Student von der Kunstakademie in Palma", flüstert Anne. Nina lässt die Kamera ununterbrochen laufen, filmt den sich ins Zeug legenden Pianisten; ihre verzückt lauschende Freundin; die Fresken im Saal - mal in der Totalen, mal im Detail -.

„Lass uns noch einmal durch das Kloster flanieren", sagt sie nach der musikalischen Darbietung. Anne schlägt schmunzelnd den Weg zur Gemäldegalerie ein.

Bis die Freundinnen die engen Gassen von Valldemosa erkunden, ist es schon Nachmittag. Auch hier reiht sich ein Fotomotiv an das andere. In einem der Gärten entdeckt Nina einen beleibten Maler, der vor seiner Staffelei hockt. Obwohl ihn ein Sonnenschirm vor gleißenden Strahlen schützt, trägt er zusätzlich einen verbeulten Strohhut.

„Sieht der knuffig aus", sagt Nina, dabei zeigt sie mit dem nackten Finger in seine Richtung. „Du, den muss ich aus der Nähe betrachten", sagt sie.

Eine verwinkelte Treppe führt hinunter, seitlich sind Bilder an die Mauer gelehnt. Während Anne sie bewundert, hat Nina nur Augen für den Künstler. Bevor die beiden bei ihm ankommen, erhebt er sich. Der Schemel kippt um. Im Bücken streckt er den Freundinnen seinen dicken Hintern entgegen, sein Hut rutscht vornüber. Anne lacht sich schlapp. Der Alte brummelt unfreundlich und schlürft ins Haus.

„Schade, jetzt hast du ihn vertrieben", sagt Nina. „Na, wenigstens habe ich die Szene mit der Kamera eingefangen."

„Was hältst du von Kaffee und Kuchen zur Feier des Tages?"

„Viel. Nach all den Eindrücken habe ich eine Pause nötig. Außerdem gehe ich langsam auf dem Zahnfleisch. Pflaster treten ist anstrengender als eine Wanderung auf Waldwegen." Gemeinsam schlendern sie zur Hauptstraße. Rechts und links ziehen sich dichte, Schatten spendende Baumreihen entlang. Dazwischen laden Tische und Stühle von zig Cafés zum Verweilen ein.

„Hier ist ja sogar eine Fotohandlung, ich brauche unbedingt einen neuen Film." Nach dem Einkauf entdeckt Nina einen Kunstgewerbeladen.

„Da können wir Mitbringsel für die Familie erstehen", sagt sie. Das Angebot ist in der Tat überwältigend, macht die Auswahl schwer. Anne schaut zur Uhr.

„Das Kaffeetrinken können wir uns abschminken, es ist bereits Zeit zum Abendessen. Hoffentlich verpassen wir unseren Bus nicht." Mit vollen Tüten hetzen die Freundinnen zur Haltestelle. Sie ist menschenleer. Nina sinkt erschöpft auf die Bank. Anne studiert den Fahrplan.

„Pech gehabt, jetzt müssen wir eine Stunde warten. Hörst du meinen Bauch knurren?"

„Kein Wunder, hast ja nichts gefrühstückt," sagt Nina. „Meine trockenen Kekse hast du auch dankend abgelehnt, die sind jetzt alle."

„Wir könnten hier irgendwo einkehren."

„Und den nächsten Bus verpassen? Nein, ich rühre mich keinen Schritt weg."

„Ist mir auch recht, fasten tut gut. Hat Spaß gemacht, das Erkunden vom Ort. Beim ersten Besuch besichtigte ich lediglich das Kloster. Beim zweiten Mal regnete es Strippen."

„Tja, mit mir hast du eben Glück", sagt Nina pathetisch.

„Stimmt, da hinten kommt sogar unser Bus, hat der aber Verspätung." Anne erhebt sich.

„Darauf falle ich nicht herein", sagt Nina. Sie dreht sich trotzdem um, traut ihren Augen kaum, es ist tatsächlich der Linienbus.

Im Speisesaal winkt das nette, sächsische Ehepaar von ihrem Tisch aus. Die Freundinnen gesellen sich zu ihnen.

„Wir waren heute in Deia, sind über 200 Meter zwischen den Felsen nach unten zur einsamen Fischerbucht gekraxelt. Das war unbeschreiblich schön", sprudelt die Sächsin sofort los.

„Donnerwetter, meine Anerkennung", sagt Nina. „Wir sind leider nur vorbeigefahren." Sie nimmt ihren Teller und geht zum Buffet.

„Madame hat heute Geburtstag", verrät Anne.

„Den wievielten?", fragt der Sachse neugierig. Anne schweigt diskret, zuckt nur grinsend mit den Schultern. Nina kommt zurück, der Sachse springt hoch, nimmt sie in den Arm.

„Meinen herzlichen Glückwunsch schöne Frau, Ihr Ehrentag muss gefeiert werden. Im Hotel vorn an der Promenade kann man das Tanzbein schwingen."

„Ach, mit sechzig hat man gar keine Lust mehr zu feiern...", wehrt Nina ab, Alle lachen schallend. Nina schaut irritiert.

„Dein Alter verschwieg ich dezent", erklärt Anne.

„Man ist nur so alt wie man sich fühlt. Ich gratuliere Ihnen auch herzlich", sagt die Sächsin.

„Anfühlt Schatz, anfühlt", verbessert er lachend. „Schauen Sie uns an, wir sind schon weit über siebzig."

„Und über vierzig Jahre miteinander verheiratet", ergänzt sie stolz.

„Donnerwetter", staunt Nina erneut. „Da unternehmen Sie in den Bergen noch solch gewaltige Wandertouren?" Er nickt eifrig, seine Frau tätschelt ihm die Hand. Anne berichtet vom Ausflug.

„In Valldemosa waren wir neulich auch. Auf die Besichtigung des Klosters verzichteten wir allerdings. Das Eintrittsgeld war uns zu teuer", sagt die Sächsin ehrlich.

„Wie schade, da verpassten Sie das Schönste, vor allem das Konzert."

„Ach, die paar Minuten, so toll war das auch nicht", sagt Nina. Anne haut es beinahe um. Mit Müh und Not quetscht sie sich ein Lächeln ab, verabschiedet sich einigermaßen höflich und geht festen Schrittes hinaus.

Unten in der Hütte ist es drückend heiß. Anne stellt den Ventilator an, setzt sich auf die Terrasse, legt die Beine hoch, steckt sich eine Zigarette an und nimmt einen tiefen Zug. In ihrem Bauch rumort noch immer die schiere Wut. -

„Was hat sie denn, Ihre Freundin?"

„Keine Ahnung", sagt Nina und schleckt genüsslich am Eislöffel.

„Kommen Sie doch mit uns mit. Zur Feier des Tages müssen Sie unbedingt ein Tänzchen wagen", beharrt der

Sachse. In seinen Schweinsäuglein schimmert ein feuchter Glanz.

„Wer würde mit mir alten Tante schon tanzen?", fragt Nina genant. „Die wenigen passenden Männer sind in festen Händen."

„Ihnen trete ich meinen Mann gerne einmal ab, sie sind so eine Nette. Er ist ein ausgezeichneter Tänzer", sagt die Sächsin beflissen.

„Haben Sie das Eis in Soller probiert? Ist das beste Eis weit und breit, da kommt das hier nicht mit. Die Eisfabrik ist in der Nähe der Haltestelle, rechter Hand der Kathedrale, man kann sie nicht verfehlen", wechselt der Sachse das Thema. -

„Hattest du einen angenehmen Abend?", fragt Anne leise aus der Dunkelheit. Nina zuckt erschrocken zusammen.

„Willst du da noch lange sitzen bleiben? Hoffentlich wimmelt es in der Hütte nicht von Mücken, hättest die Tür zulassen sollen", sagt sie und zieht sie schwungvoll hinter sich ins Schloss.

8. Urlaubstag

Im Garten herrscht hektisches Treiben. Zimmermädchen hasten übers Gelände, erhalten per Handy Anweisungen, kommentieren sie lautstark. Nina wird wach, schaut hinüber zu Anne.

„Heute will ich nach Soller wandern. Da soll es eine tolle Eisfabrik geben. Den Weg dorthin finde ich wunderschön...", sprudelt sie unternehmungslustig.

„Besonders die Apfelsinen- und Zitronenhaine", brummt Anne. Sie krabbelt aus dem Bett, öffnet die Tür, atmet begierig die frische Morgenluft ein. Señor Rico eilt im korrekten, schwarzen Anzug durch die Anlage. Er grüßt flüchtig winkend von weitem. Nebenan schleppt ein attraktiver

Mann Koffer in die Hütte. Auf der Terrasse steht eine sehr schlanke, sehr aufgetakelte Rothaarige. Sie trägt Stöckelschuhe zum engen Minikleid, die Nase ziert eine übergroße Sonnenbrille.

Langsam verstummt ringsherum das Stimmengewirr. Señor Rico tritt von Hinten an die Hecke, streckt Anne seine Hand mit einer dieser undefinierbaren Früchte vom Baum neben der Hütte entgegen.

„Kosten Sie einmal, die sind sauer aber sehr gesund", sagt er. Dicke Schweißperlen stehen auf seiner glänzenden Stirn. Selbst der schwarze Schnauzbart schimmert feucht, die Krawatte sitzt tadellos.

„Am frühen Morgen bereits im feinen Zwirn?" Ungeniert tritt Anne ihm entgegen.

„Bin schon seit Stunden im Dienst. Eigentlich hätten gestern Abend neue Gäste ankommen sollen, aber unsere Busfahrer streiken zur Zeit. Sämtliche Mietwagen sind vergeben, die Taxifahrer waren die Nacht über ununterbrochen im Einsatz, die ankommenden Touristen sind allesamt verärgert. Nach den Gründen des Streiks fragt keiner." Er zieht resignierend die Schultern hoch. „Zum Glück ist noch keine Hauptsaison, dann wäre das Chaos perfekt."

Neugierig kommt Nina heraus, fertig angezogen und dezent geschminkt. Auch sie bekommt eine Frucht bevor Señor Rico weiter eilt.

„Dir schenkt er die größere", sagt Nina. „Na, der mag halt Blonde", sagt sie, beißt herzhaft zu und spuckt das grässlich saure Zeug im hohen Bogen wieder aus..

Ein schmaler Schotterweg führt bergauf. Vor den Freundinnen tritt ein Paar mühsam in die Pedalen.

„Hier hätte ich keine Lust, auf dem Rad zu strampeln", sagt Nina. „Lass uns einen Schritt schneller gehen, die möchte ich gerne von vorne sehen." Anne kann kaum mithalten.

„Guck mal wie die schwitzen", sagt Nina im Vorbeigehen. „Der Dicke steht ja kurz vorm Herzinfarkt." Bergab rollt der 'Dicke' haarscharf an Ninas Schulter vorbei. Sie springt erschrocken zur Seite. Die Frau dahinter lacht hämisch.

„Hast du Töne, der spinnt wohl, der unverschämte Kerl der..." Amüsiert fängt Anne die Schimpferei der Freundin mit der Kamera ein. Nina setzt sich auf einen Stein am Rand, ringt um Luft und greift zu ihrem Asthmaspray. Anne sucht eine passende Stelle gegenüber, bringt die Kamera in Position, drückt erneut auf Rec, schlendert zu Nina, setzt sich neben sie und friemelt eine Zigarette aus der Schachtel. Nina pult derweil eine Orange ab. Mit süß-saurer Miene sagt sie in Richtung Kamera.

„Für meine Freundin, damit sie einmal etwas gesundes zu sich nimmt." Anne streckt Nina die Zigarette entgegen.

„Für meine Freundin, Räucherware hält sich."

„Du nun wieder ...", sagt Nina genervt, schiebt sich eine Orangenscheibe in den Mund, lässt die nächst und übernächste folgen. Anne schielt gierig zur Orange, leckt sich die Lippen, legt ihre Stirn in Falten, streckt die leeren Handflächen nach oben, hebt enttäuscht die Schultern. Erst als sie ihren unvermeidlichen Lachanfall bekommt, bemerkt Nina die Faxen.

„Musst du immer so albern sein", sagt sie, „verdirbst die ganze Aufnahme. Das kann ich zu Hause keinem Menschen zeigen. Sei doch einmal seriös."

„Du, du", droht Anne mit erhobenem Zeigefinger. Sie bekommt den nächsten Lachanfall. Nina rennt zur Kamera, stellt sie rasch ab. Anne greift sich einen abgebrochenen Stock, stützt sich darauf und humpelt immer noch lachend, krumm wie Quasimodos Großmutter los.

Der Ort kommt in Sicht. Nina hält vergeblich Ausschau nach der großen Eisfabrik. Erst kurz vor der Kathedrale sieht sie über der Tür eines kleinen Häuschens ein Schild mit der Aufschrift 'fabrica gelati'.

„Das ist ja nur eine ganz gewöhnlich Eisdiele", sagt Nina enttäuscht. Am Tresen wählt sie sich vier verschiedene Sorten aus. Anne bestellt sich lediglich Milchkaffee. Hinten führt eine Tür in einen hübsch angelegten Garten. An einem der langen Holztische sitzt laut schwätzend eine Wandergruppe in zünftigen Lederhosen.

„Wo sind wir denn hier hingeraten?", fragt Nina kopfschüttelnd.

Zwei Knirpse versuchen, ein Kätzchen einzufangen. Anne denkt sofort an ihren kleinen Enkel, wünscht sich ihn insgeheim an ihrer Seite.

„Schaust ja so melancholisch in die Gegend", sagt Nina. „Ist wirklich lecker, das Eis. Mango schmeckt am besten. Davon esse ich gleich noch eine dicke Kugel", sagt sie.

„Hauptsache dir wird nicht schlecht", murmelt Anne geistesabwesend.

Beim anschließenden Bummel durch den Ort hält Nina plötzlich die Hand vor ihren Magen.

„O ist mir übel", stöhnt sie kläglich. Anne grinst ungläubig.

„Wirklich", beteuert Nina, „den Rückweg schaffe ich nicht. Heute möchte ich mit der Bimmelbahn fahren." Anne ist's recht. Vor ihrem geistigen Auge sieht sie Nina bei der Ruckelei bereits kotzen.

Zur Mittagszeit ist die Bahn vergleichsweise leer, jeder bekommt einen Sitzplatz. Nina filmt den Fahrer an der Handkurbel in Großaufnahme, Häuschen, Gärten und die Berge ringsherum in der Totalen. Am Beginn der Bucht von Port Soller sagt sie spontan:

„Lass uns hier schon aussteigen und am Meer entlang schlendern."

„Offensichtlich geht es dir wieder gut."

„Mitnichten, ich kann mich nur beherrschen."

Am Pier halten die Freundinnen gebührenden Abstand von den Anglern, plätschern mit den nackten Füßen im Wasser, beobachten das Lichterspiel der Sonnenstrahlen. Tausend glitzernde Sterne tanzend auf den Wellen. Direkt vor ihnen steigt ein Taucher wie Poseidon aus dem Meer, in der Hand eine Harpune, daran zappelt ein dicker Tintenfisch. Ihm folgt ein zweiter, seine Harpune ist ebenfalls voller Fische. Eine ganze Schar junger Spanier kommt daher gerannt, begutachtet lautstark den Fang.

„Jetzt ist es mit der Ruhe vorbei", sagt Nina, schlüpft in die Sandalen und schnappt sich ihren Rucksack.

„Willst du das Palaver gar nicht filmen?"

„Nee. Die armen Fische. Igitt, wie die stinken."

Im Pool der Anlage schwimmt kein Mensch. Das Wasser ist ebenso kalt wie das Meer. Anne hält nur vorsichtig vom Rand aus den Zeh hinein.

„Komm, komm", sagt Nina. Sie tastet sich vorsichtig Stufe für Stufe ins Nass, betupft sich Bauch, Arme und Busen. Schließlich taucht sie heroisch ein. Anne applaudiert anerkennend, geht faul zur Liege, macht es sich bequem und schließt die Augen. Nina durchquert den Pool zwei mal, nimmt ihre Badekappe ab, füllt sie mit Wasser und schleicht sich an die Freundin heran. Anne vermisst das Plätschern, öffnet die Augen, um zu schauen ob die Freundin abgesoffen ist. Im gleichen Augenblick erwischt sie die volle Ladung aus Ninas Kappe ohne Vorwarnung. Schrill quietschend springt sie hoch, stürzt sich auf Nina. Die weicht geschickt aus. Anne platscht wie eine Seekuh ins Wasser, strampelt wild, spritzt um sich und flucht:

„Verdammt, das kostet dich mindestens eine Sangria!"

In ihrem Stammlokal staunen die Freundinnen über die Lebensfreude einer Gruppe Spanier. Eine der dicken Mamas tanzt temperamentvoll zwischen den Tischen, angefeuert vom Klatschen und fröhlichem Singen der Männer. Nebenher hüpfen munter zwei niedliche, kleine Mädchen. Nina hält sich an frisch gepressten Orangensaft, während Anne genüsslich Sangria durch einen Strohhalm schlürft. Als das Glas geleert ist, verschwimmen die Spanier vor ihren Augen, der Boden schwankt als säße sie in einem klitzekleinen Boot auf offener See.

„Dein Herpesober hat mir bestimmt k.o. Tropfen ins Gesöff gemischt. Werde mich ins Meer stürzen, um wieder Herr der Lage zu werden." Anne erhebt sich mühsam, ihre Beine fühlen sich matschig an.

„Alkohol auf nüchternen Magen, du spinnst ja auch", sagt Nina ohne Mitgefühl. Anne schiebt ihr das Portmonee zu, fixiert den Ausgang starren Auges an, schafft die paar Schritte durch den Garten tatsächlich in kerzengeradem Gang.

Peinlich berührt winkt Nina den Ober heran. Anstelle des Wechselgeldes bringt er ihr eine Kostprobe Schinken mit Perinssauce.

„Das schmeckt ausgezeichnet", sagt er. „Heute Abend habe ich frei. Wir können uns treffen und mit meinem Auto nach Palma fahren. Ist schön bei Nacht." Nina mustert ihn überrascht, seine braunen Augen funkeln verführerisch.

„Da wird Ihre Frau bestimmt eifersüchtig", sagt sie lachend.

„Ist mein problema", antwortet er grinsend.

„Pedro, telefono!", ruft sein College von der Theke aus.

„Momento, por favor", ruft er über die Schulter zurück. „Nicht weglaufen schöne Señora." Kaum hat er den Rücken gekehrt, eilt Nina zur Straße. Von Anne fehlt jede Spur.

'Wo soll ich nur suchen? Wieso soll ich eigentlich suchen? Weshalb besäuft sich die alte Schachtel auch?', denkt Nina ärgerlich. Die wüstesten Gedanken schießen ihr durch den Kopf. Sie sieht sich bereits allein die Heimreise antreten.

Anne liegt seelenruhig auf der Liege am Pool.

„Na, zum Abendessen wieder Sangria gefällig?" fragt Nina spitz als sie die Freundin endlich findet. Langsam, ganz langsam kommt Anne hoch, grient breit, macht ganz langsam einen Schritt vorwärts. Plötzlich hechtet sie mit einem gewaltigen Kopfsprung ins Wasser.

„Du bist ja immer noch breit", ruft Nina fassungslos.

9. Urlaubstag

Blitz und Donnerschlag wecken die Freundinnen. Nina ist richtig froh über das erfrischende Unwetter. Sie beschließt, im Bett zu bleiben, will faulenzen und etwas lesen. Anne ist der Tag zu schade zum Vertrödeln, außerdem treibt sie der Kaffeedurst an.

„Glaube nur nicht, dass ich dir ein Brötchen mitbringe."

„Und wenn ich nun ernstlich krank wäre?"

„Bist du aber nicht", ruft Anne vom Bad aus.

„Würdest du deine Schönheitspflege bitte unterbrechen, ich muss pinkeln."

Als Nina anschließend tatsächlich wieder ins Bett schlüpft, geht Anne allein durch den Regen zum Hotel.

Am Kaffeeautomat strömt eine Dicke einen penetranten Schweißgeruch aus. Sie drückt den falschen Knopf, das heiße Wasser plätschert an der Tasse vorbei. Nervös hantiert sie herum. Anne unterdrückt mühsam das Lachen, jongliert ihre volle Kaffeetasse zu einem freien Tisch.

Kurz darauf gesellt sich ausgerechnet die Dicke zu ihr. Sie stellt sich als Anita 'Soundso' vor.

„Angenehm", murmelt Anne kurz angebunden.

„Ich komme aus Bielefeld, bin dort Lehrerin an einer Grundschule. Und was machen Sie?", fragt Anita 'Soundso'.

„Urlaub", antwortet Anne reichlich schroff. Die Dicke senkt den Kopf, schmiert sich hektisch ein Brötchen. Mit ihrer Breitseite verdeckt sie die Sicht zur aufgetakelten Rothaarigen am Tisch dahinter. Der attraktive Mann neben der Rothaarigen wechselt kein Wort mit seiner Frau. Sobald Annes Blick in seine Richtung schweift, glubscht er ebenfalls herüber.

„Schmeckt's?" Urplötzlich steht Nina am Tisch.

„Hattest du Angst, dass ich dir wirklich nichts mitbringe?"

„Bei dir weiß man das nie genau", sagt Nina und grinst verschmitzt. „Übrigens, es hat aufgehört zu regnen, wir können wandern!"

Sonnenstrahlen durchbrechen die Wolken, der Wind bläst stärker als sonst. Die Freundinnen bummeln ziellos durch schmale Seitenstraßen, entdecken neben einer kleinen Kirche fast versteckt ein unauffälliges Info - Büro. Nina ersteht eine Wanderkarte, Anne nimmt sich zwei Poster obwohl sie grässlich kitschig aussehen. Beim Studieren der Karte stellen die beiden erstaunt fest, dass sie alle möglichen Wanderwege der nahen Umgebung bereits auf eigene Faust erkundet haben.

Im Olivenhain angekommen, deutet Anne vergnügt zu einem besonders dicken, knorrigen, einladenden Ast.

„Der sieht wie der Sattel eines Gaules aus. Da klettere ich hinauf." Ihre fehlenden sportlichen Fähigkeiten lassen den Versuch kläglich scheitern. Nina zeigt es ihr, ist eins fix oben und strahlt voller Stolz. Anne filmt die flotte Reiterin. Bei ihrem überaus eleganten Abgang bleibt der Rock am Ast hängen. Ein Bein gegen den Stamm gepresst, das andere hilflos nach dem Boden zappelnd, verlässt Nina die Kraft in den Armen. Mit entblößtem Hinterteil landet sie rücklings im Gras. Anne biegt sich vor Lachen.

„Hör auf zu wiehern, hilf mir lieber hoch, meine armen Knochen", stöhnt Nina. „Fehlt nur, dass jetzt Leute hier entlang kommen." Anne reicht ihr die Hand, quetscht Oberschenkel und Pobacken zusammen, wippt in den Knien.

„Verdammt, ich muss mal", prustet sie erneut von Lachkrämpfen geschüttelt.

„Was glaubst du, was ich muss? Die Blasen der Omas sind auch nicht mehr das, was sie mal waren", sagt Nina. „Bleibt uns nur der Rückzug."

Unterwegs hält sie krampfhaft den bis zur Taille aufgerissenen Rock zusammen, kein leichtes Unterfangen bei dem Wind. Anne schaut weg, um ihre Beherrschung nicht doch noch zu verlieren. Der Druck ihrer Blase ist unerträglich. Die hübsch hässlichen Poster liegen vergessen unter dem Olivenbaum.

In der Anlage sitzen ausgerechnet der attraktive Mann mit der Rothaarigen vor der Hütte. Sie spielen Karten. Als die Freundinnen angeheitert vorbei eilen, gaffen sie neugierig herüber. Vor lauter Hektik bekommt Nina die Tür nicht auf. Anne entreißt ihr den Schlüssel, schießt hinein, rettet sich in letzter Minute aufs Klo. Kichernd hechtet Nina an ihr vorbei in die Duschkabine und entweiht diese.

Nach dem närrischen Treiben ist große Wäsche angesagt. –

Abends erkunden die Freundinnen einen neuen Aussichtspunkt für Sonnenuntergänge. Der schmale Weg führt am Steilhang entlang. Bäume wachsen schräg aus den Felsen, strecken ihre knubbeligen Äste über den Pfad. Respektvoll bückt sich Nina unten durch, läuft zielstrebig weiter, begeistert von den sich bietenden Filmmotiven.

„Mach bloß keinen Fehltritt, sieht richtig gefährlich aus." Anne bleibt stehen, die Sonne droht ohnehin wieder im

Dunst der Wolken zu versinken. Nina filmt ohne Ende, kommt erst äußerst vorsichtig zurück, als es fast dunkel ist. Beim letzten Schritt zur Straße hin entfleucht ihr ein lauter Pup. Erschrocken schaut sie in die Runde. Anne lacht schallend, mehr über Ninas peinlich berührte Miene, als über das Missgeschick an sich.

„Bist taktlos wie immer", sagt Nina, übersieht die Bordkante, kommt ins Straucheln, versucht sich abzufangen, schafft es bis zur gegenüberliegenden Seite. Dort umarmt sie den Laternenpfahl. Bei dem urkomischen Szenario verliert Anne vor Lachen die Beherrschung. Pipi entrinnt ihr, plätschert geräuschvoll aufs Pflaster. Nina kostet der Anblick der vornehmen Pissnelke im gelben Seidenkleid die Fasson. Sie rettet sich in den nächstgelegenen Busch, zieht die Hose runter und geht in die Hocke. Scheinwerfer eines vorbeifahrenden Autos blenden sie. Froh, dass wenigstens keine Spaziergänger in der Nähe sind, hastet sie wie eine Furie vom Ort des Grauens. Nach einer Weile schaut sie sich völlig aus der Puste um. Anne kommt mit staksendem, breitbeinigem Gang seelenruhig daher. Bei jedem Schritt schlabbert ihr der nasse Saum des gelben Seidenkleides in den Kniekehlen.

„Das wären Aufnahmen gewesen", sagt sie lachend. „Zwei alte Schachteln machen Urlaub!"

„Du bist unmöglich", japst Nina. „Derart blamables auf Film bannen, das fehlte noch."

„So spielt das Leben! Finde ich aufschlussreicher als tausend Orangen, Schafe und Sonnenuntergänge!"

Trotz später Stunde tönt das Lachen der Freundinnen hinaus in die Anlage. In der ‘Finca‘ ist zum zweiten Mal große Wäsche angesagt.

10. Urlaubstag

Anne steht im Schlafanzug auf der Terrasse. Die Hand unterm Kinn putzt sie eifrig ihre Zähne. Nebenan tritt der attraktive Man in einer quietsche grünen Badehose heraus, überm Arm ein flaschengrünes Badehandtuch. Er grüßt freundlich nickend herüber.

„Guten Morgen", ruft Anne zurück, dabei tropft ihr der Schaum aus dem Mund.

„Du hast Nerven", sagt Nina, „los verschwinde, das Bad ist frei." Gleich darauf hört sie die Freundin laut und unmelodisch gurgeln. Anne spuckt aus, grölt:

„Heute könnten wir den verpatzten Ausflug nach La Calobra nachholen. Anstelle des Busses nehmen wir das Glasbodenboot am Hafen."

„Das schippert ja nur die Steilküste entlang, das ist doch langweilig."

„Deine Begeisterung ist umwerfend, ahnst ja nicht, was dich in La Calobra erwartet."

Beim Frühstück versucht Anne erneut, Ninas Interesse zu wecken.

„Der 'Torrent de Pareis' gehört zu den Attraktionen der Insel. Dort findet der imponierendste Wildbach Mallorcas seinen Weg zum Meer. Wir verpassen zwar die interessante Busfahrt, die unzähligen Serpentinen durchs wilde, karstige Gelände, dafür kostet es mit dem Boot nur den halben Preis..."

„Schon gut, überredet", sagt Nina.

Langsam verlässt das Schiff den Hafen, schippert hinaus aufs ruhige Meer. Von einer windgeschützten Stelle aus filmt Nina die weiße Gischt, aufgeschäumt von der Bootsschraube; die Felskette mit ihren ausgewaschenen Höhlen. Ab und an gibt sie einen Blick in die Bergwelt dahinter frei. Anne lässt auf dem Oberdeck zufrieden die Seele baumeln, streckt ihre Nase in den kräftigen Fahrtwind, fühlt die Sonne auf ihrer Haut.

Nach knapp fünfundvierzig Minuten lenkt der Kapitän das Boot vorsichtig an den Anlegesteg der winzigen Bucht von La Calobra. Ein Schiffsjunge wirft den rostigen Anker ins glasklare Wasser. Ein zweiter, kaum fünfzehn Jahre alt, springt an Land, sichert das Boot geschickt mit einer Leine.

Die Passagiere streben im Pulk zu den Eingängen der beiden Tunnel. Sie führen zum Felskessel hinter dem Meer, sind bequem begehbar und beleuchtet. Anne hat sie enger, stockfinster, glitschig, einfach viel abenteuerlicher in Erinnerung.

Am Ende der Tunnel erstreckt sich anstelle des weiten Sees ein ausgetrocknetes Tal. Durch den Regenmangel der letzten Monate ist bloß eine kleine Pfütze geblieben. Die Felswände ringsherum erheben sich nach wie vor majestätisch, bieten eine Farbpalette von hellstem Grau, Gelb, Orange bis hin zu sämtlichen Brauntönen.

„Grandios."

„Einfach phantastisch."

„Beeindruckend", ertönt es von den staunenden Touristen. Nina mault enttäuscht:

„Hier gibt es ja nichts als Geröll. Steine, überall Steine. Von mir aus kannst du das filmen." Sie reicht Anne die Kamera.

Langsam verlieren sich die vielen Besucher im weiten Tal. Nina klettert nur ein Stück weit einen unwegsamen Pfad hinauf. Statt des Wildbaches nebenan plätschert lediglich ein dünnes Rinnsal den Felsen herab, versickert sofort im Boden.

„Hier stinkt es", sagt sie, rümpft die Nase und jammert: „Von der sengenden Sonne bekomme ich bestimmt Kopfschmerzen. Hier weht ja kein einziges Lüftchen." Anne steht kurz vorm Ausrasten. Dass sie ihre bissige Bemerkung herunterschlucken kann, beweist, wie gut erholt sie ist.

Unterm Sonnenschirm, im Lokal an der Anlegestelle, ist Nina bei frisch gepresstem Orangensaft endlich zufrieden. Eine Weile beobachten die Freundinnen schweigend die Manöver der Segelschiffe, das An- und Ablegen kleiner Motorboote, das geschäftige Treiben der Bootsjungen auf dem Ausflugsdampfer. Nach und nach füllen sich die Tische ringsherum. Plötzlich lacht Anne lauthals, deutet zu einem originellen Typen. Zum Schutz gegen die Sonne trägt er ein verknotetes Taschentuch auf dem Glatzkopf. Neugierig dreht sich Nina um.

„Hast du heute Nacht das Stöhnen in der Hütte nebenan gehört?", fragt sie unvermittelt. „Die haben es vielleicht miteinander getrieben." Sie dämpft ihre Stimme. „Was meinst du wie mein Wilhelm juchzte, wenn ich ihm lustvoll an die Eier grapschte. Das haben die Männer gerne, da sind sie alle gleich." Anne verschluckt sich beinahe an ihrem Kaffee, prustet lauthals:

„Nenn du mich noch einmal unseriös."

„Weiß gar nicht was du hast," sagt Nina mit allerliebster Unschuldsmine. „Haben wir noch Zeit für einen Spaziergang? Der steile Weg mit den vielen Pinien da drüben sieht einladend aus." -

Während der Rückfahrt filmt Nina erneut die Steilküste.

„Das hattest du doch schon aufgenommen."

„Da waren die Lichtverhältnisse ganz anders." Unbeirrt lässt Nina die Kamera surren bis das Boot in den Hafen von Port Soller einbiegt.

„Man, habe ich Hunger", sagt sie, „macht die Seeluft. Ich freue mich vielleicht aufs Abendessen. Auf unsere 'Finca' freue ich mich auch. Du, da fühle ich mich schon richtig zu Hause. Das war wieder ein toller Ausflug, ein herrlicher Tag..."

11. Urlaubstag

Die Luft ist unheimlich schwül, dabei weht ein warmer, trockener Wind. Anne fällt das Treppensteigen schwerer als bisher.

„Von wegen, die Stufen schaffen wir in ein paar Tagen spielend." Schnaufend bleibt sie stehen, wundert sich, dass Nina es ohne Asthmaspray schafft.

Im Hotel gesellt sich ein schlanker Mann, mittleren Alters zu den Freundinnen an den Frühstückstisch. Er schielt zur Butter, die sich die beiden aufs Brötchen schmieren.

„Zwanzig Gramm Fett reichen als Tagesration aus", sagt er belehrend, dabei schichtet er fingerdick Leber-wurst aufs Toastbrot, klappt eine Scheibe oben drauf und greift zur nächsten. Nina bekommt Stilaugen, Anne grinst unverschämt höhnisch.

„Die sind für meine Radtour", erklärte der schlanke Mann, mittleren Alters. „Ist nicht mein Ding, unterwegs in teure Lokale einzukehren. Heute will ich sechzig Kilometer schaffen..."

Während sich Nina artig mit ihrem Gegenüber unterhält, lauscht Anne zum Nebentisch.

„In El Arenal ist viel mehr los. Da gibt es jede Menge Bars und Diskotheken. Man bekommt viel schneller Kontakt. Hier ist doch der tote Hund begraben", sagt die Rothaarige zu dem attraktiven Mann. „Wir sollten uns einen Mietwagen nehmen, an die Ostküste fahren und nach Calla Ratjada."

„Tru... Tru.. Trubel habe ich zu... zu... zu... Hause genu... nu... nug", sagt der attraktive Mann. Anne gluckst, kann ihr Lachen kaum unterdrücken.

„Benimm dich", zischt Nina kopfschüttelnd. Der Trottel gegenüber verabschiedet sich irritiert. Nina wünscht ihm höflich einen schönen Tag, Anne gluckst erneut los.

„Was haben sie dir nur in den Kaffee getan?", fragt Nina aufs äußerste verwundert. „Komm, lass uns bei der Hitze am Pool abhängen, heute ist das Wasser bestimmt angenehm."

„Würde dir viel lieber die Hauptstadt zeigen, sie ist wirklich sehenswert. Bis Soller fahren wir mit der Bimmelbahn, steigen um in den 'Roten Pfeil', ist gar nicht anstrengend. In gut einer Stunde sind wir in Palma."

„Na gut", sagt Nina gedehnt, „wenn du darauf bestehst, dann stürzen wir uns eben ins Getümmel. Aber nicht den ganzen Tag, versprochen?"

Als sich das Züglein ratternd in Bewegung setzt, zitiert Anne aus dem Reiseführer:

» Die reizende Schmalspurbahn wurde von Siemens Schuckert erbaut. Sie durchstößt seit über achtzig Jahren die Sierra de Alfabia, jenen großen Gebirgszug, der Palma von Soller trennt. Es geht durch zahllose Tunnel, die modrige, feuchte Luft verbreiten. Im längsten dauert die Fahrt ganze fünf Minuten lang. Das Bähnchen bekam einen Orden, der eigentlich nur bedeutenden Persönlichkeiten verliehen wird... «

Nina geht zur Plattform, lässt sich vom Wind das Haar zerzausen, filmt die beeindruckende Landschaft, Berge, Wälder und Täler ohne Ende.

Am Plaza Espana, gleich gegenüber des Bahnhofes, steht das imposante Reiterdenkmal von Jaime dem I. Gurrende weiße und graublaue Tauben tummeln sich zu Haufe, lassen sich von alten Mütterchen füttern. Nina wechselt eilig den Akku aus.

Trotz einiger Umbauten erkennt Anne die Stadt wieder. Sie lenkt die Freundin durch inzwischen zur Fußgängerzone gewandelte Straßen, dem Einkaufsparadies, hin zur Allee die San Miguel. Dort reiht sich ein Blumenstand an den anderen. Nina filmt die prächtigen, farbenfrohen Sträuße. Sind es hundert, sind es tausend? Vor lauter Begeisterung übersieht sie, dass es alles künstliche Blumen sind.

Danach erreichen die Freundinnen den rechteckigen Mercat Artesanal. An etwa sechzig Ständen bieten Kunsthandwerker Leder-, Keramik-, und Glaswaren an. Es wimmelt von Einheimischen und Touristen gleichermaßen. Anne sucht sich eine flotte Umhängetasche aus, feilscht wie ein Teppichhändler um den Preis. Peinlich berührt beobachtet Nina das Palaver aus der Distanz.

„Die hättest du zu Hause in jedem Kaufhaus noch billig bekommen", lästert sie im Weitergehen.

„Na klar, aber eine vom Fließband, kein Unikat." Anne zeigt zur hübschen Bäckerei hinüber.

„Es heißt, jeder Besitzer sei stolz auf die ruhmreiche Vergangenheit seines 'Forns'. Die Ensaimada ist das mallorquinische Nationalgebäck, eine in Schmalz gebackene Schnecke. Sie darf auf keinem Frühstückstisch fehlen. Für sie wird ein besonderes Holz in den Backöfen verwendet..."

„Ich habe übrigens Hunger", stellt Nina fest, „ich brauche aber etwas handfestes, es ist ja schon drei Uhr durch."

„Gleich kommen wir zur Kathedrale. Wirst sehen, in der preiswerten Fressmeile davor speisen neben Touristen sogar Einheimische."

Am Plaza de la Almudaina pulsiert der Verkehr. Zwischen den vielen Autos rangieren unerschrocken bunte Pferdekutschen. Die Kathedrale, auch Kathedrale des Lichts genannt, erhebt sich majestätisch, strahlt unberührt vom hektischen Treiben zu ihren Füßen Ruhe und Stärke aus.

Auf dem gesamten Bürgersteig der Deamato sind Tische und Stühle aufgestellt. Die herrlichsten Gerüche dringen aus den zahlreichen Lokalen. Nina wählt einen Platz ganz am Ende, mit Sicht zum Meer. Sie bestellt sich Salat, eine Pizza und Mineralwasser, für die Freundin natürlich ein großes Glas Bier. Anne schmunzelt stillvergnügt in sich hinein, nimmt den Reiseführer, liest laut:

» König Jaime dem I. erschien - mitten in einer Seeschlacht - die Gottesmutter. Er versprach ihr ein stolzes Haus, sollte er als Sieger mallorquinischen Boden betreten. Der Sieg war seiner. Er hielt sein Gelübde. Die Kathedrale entstand mit einem mächtigen Glockenturm und drei Portalen. Jenes zum Meer hin ist von vollendeter Schönheit. Wundervolle Fenster und Rosetten gaben der Kirche ihren Namen. Wenn die Sonne durch die Farbenpracht der Fenster eindringt, verzaubert sie den Innenraum. «

Nina schiebt sich gierig Salat in den Mund, meckert nicht einmal darüber, dass die Pizza etwas kleiner ist, als die in Port de Soller.

„Schade, zur Besichtigung der Kathedrale bleibt uns keine Zeit, dann verpassen wir den roten Pfeil. Das nächste Mal fährt er erst um neunzehn Uhr fünfundvierzig."

„Nehmen wir eben den, uns treibt doch keiner", sagt Nina. Wieder schmunzelt Anne stillvergnügt. Frisch gestärkt schlendern die beiden zur Pforte des Domes. Sie ist verschlossen. Der herrliche Blick von oben übers Wasser, zum Hafen und die Küstenstraße entlang entschädigt. Sie spazieren zum Gobierno Civil, der Residenz des Zivilgouverneurs der Balearen. In der pompösen Allee stehen etliche Prachtbauten. Dagegen wirken die bunt angemalten Wohnhäuser in den engen Seitengassen fast kitschig. Von einer Dachkante zur anderen hängen Kabel wirr durcheinander, winden sich wie ein Haufen Schlangen um einen krummen Mast. Während Nina filmt, entdeckt Anne hinter einem Torbogen linker Hand eine Theke mit unendlich vielen Flaschen und Gläsern. Die rechte Wand schmücken bunte Plakate, zeigen Matadore in stolzer Pose.

„Sieht das nett aus, was hältst du von einem Martini Cocktail?"

„Au ja, langsam merke ich meine müden Füße", sagt Nina hocherfreut, betrachtet die Plakate eingehend und sagt:

„Irgendwie haben die Toreros etwas."

„Mit Carlos sah ich mir damals im Coliseo Balear einen Stierkampf an. Kann bis heute nicht verstehen, was die Spanier an dem grausamen Schauspiel fasziniert. Das ist nichts für Zartbesaitete."

„Zu denen gehörst du ja nicht gerade."

Vom Garten aus schwirren ihnen ausnahmslos spanische Stimmen entgegen. Neben den Tischen stehen pralle Einkaufstüten.

„Scheint ein beliebter Treffpunkt der Einheimischen zu sein. Schau, da hinten ist ein Tisch frei."

„Meist sitzen eine Dunkelhaarige und eine Blondine zusammen, gerade so wie wir", stellt Nina fest, „deren Blond ist gefärbt, das siehst du deutlich am Ansatz."

„Prost meine Liebe." Nina erhebt ihr Glas ebenfalls, sichtet Flecken, stellt es ab und rümpft die Nase. „Hoffentlich sind wenigstens die Toiletten sauber, ich muss dringend. Schau doch einmal wo die sind."

„Soll ich dich auch noch abhalten?"

Mit eingeschnapptem Blick entschwindet Nina eilig. Kaum wieder am Tisch, greift sie zur Kamera.

„Da vorne steht eine riesige Schale voller Orangen in der Sonne. Ist ein phantastisches Bild." Wenige Sekunden später kehrt sie zurück, ihre Mundwinkel hängen herab.

„Scheiße, jetzt ist der zweite Akku leer", sagt Nina enttäuscht.

12. Urlaubstag

Der schlanke Mann, mittleren Alters, gesellt sich samt überladenem Teller abermals zu den Freundinnen. Mit vollen Wangen schwärmt er ohne Punkt und Komma von den sechzig Kilometern, die er tags zuvor bewältigte.

„Haben Sie außer dem Tourenzähler und Asphalt auch etwas anderes wahrgenommen?", fragt Anne ironisch. Ungerührt schildert er die gesamte Route. Anne verdreht die Augen, geht mit ihrer leeren Tasse zum Kaffeeautomat.

„Guten Morgen", grüßt Anita 'Soundso'. „Stellen Sie sich nur vor, gestern wäre ich beinahe in Palma hängen geblieben. Der Stadtbus fuhr an der Station am Plaza de la Raina einfach vorbei. So etwas passiert in Deutschland nicht", sagt sie kopfschüttelnd. „Zum Glück kam ich auf die Idee, mir eine Taxe zu nehmen. Die Strecke zum Bahnhof kostete mich ein Vermögen, der Chauffeur fuhr bestimmt Umwege. Ein Wunder, dass ich die letzte Bahn noch erreicht habe."

„Tja, hier sind keine Stehplätze im Bus zugelassen", antwortet Anne ohne Mitgefühl. Brüskiert wendet sich Anita 'Soundso' zum Buffet.

„Wie kannst du mich so lange allein sitzen lassen", sagt Nina vorwurfsvoll am Tisch.

„Hast du den Trottel endlich verscheucht?"

„Du, der wollte sich mit uns für heute Abend verabreden." Anne lacht schallend. -

Nach dem lebhaften Treiben in Palma genießt Nina die Ruhe im Wald besonders. Sie atmet die würzige Luft - gänzlich ohne Abgase und noch dazu gratis - tief ein. Behend klettert sie den erstbesten Felsen hinauf, späht nach einem einigermaßen gemütlichem Plätzchen.

„Da sitzt die alte Großmutter in der Fremde, genießt die grandiose Aussicht, denkt wehmütig über ihre verlorene Jugend nach", sinniert sie laut. Anne lässt sich lachend unterhalb im Gras nieder, zückt ihren Notizblock und schreibt eifrig.

„Was notierst du da eigentlich?"

„Deine Sünden."

„Meine Sünden? Was ist mit deinen Sünden?" Nina klettert herunter, buddelt vorsichtig ein paar Pflanzen mit Wurzeln aus der Erde.

„Ob die zu Hause auch gedeihen?" Neugierig schaut sie Anne über die Schulter.

„Eigentlich fehlt uns nur noch ein nettes Liebesabenteuer, dann wäre der Urlaub vollkommen."

„In unserem Alter? Du hast Nerven", sagt Nina.

„Was hat das mit dem Alter zu tun?"

„Nein danke, ich habe mein Soll erfüllt. Habe genug von all den Aufregungen die damit verbunden sind."

„Noch einmal Herzklopfen bekommen, das Kribbeln im Bauch spüren, das gehört selbstverständlich dazu, dagegen hätte ich nichts einzuwenden."

„Du hast Nerven", wiederholt Nina. „Wir alten Schachteln geraten höchstens an einen Pflegefall, nein danke." Das 'nein danke' betont sie besonders. „Bei den jüngeren Kerlen hätte ich viel zu viel Angst, dass die lediglich auf mein Geld aus wären. Das vererbe ich lieber meinen Kindern", sagt sie. Lachend klappt Anne ihr Notizbuch zu.

„Ja, früher, als ich arm wie eine Kirchenmaus war, kannte ich solche Bedenken nicht. Heute, wo ich könnte wie ich wollte, habe ich keine Wünsche mehr. Plötzlich will man gar nicht mehr... " Wieder lacht Anne herzlich, hakt sich bei der Freundin ein und sagt:

„Tut mir leid, mein Kopf ist noch voller Illusionen." -

Abends schlüpft Nina zum ersten Mal ins 'kleine Schwarze', toupiert geschickt ihre dunklen Locken, tuscht die Wimpern an und greift zum Lippenstift.

„Mein Gott, wem willst du denn imponieren? Dem verfressenen Radfahrer, dem Sachsen, Señor Rico oder allen dreien?", lästert Anne.

„Hast mal wieder nicht zugehört", beschwert sich Nina, betrachtet mit breitem Grinsen zufrieden ihr Spiegelbild. „Die Konkurrenz schläft nicht", sagt sie.

„Du bist eine Marke", lacht Anne.

Im Speisesaal entdecken die Freundinnen sofort den schlanken Mann, mittleren Alters, zusammen mit Anita 'Soundso' an einem Tisch.

„Ob bei der sein Vortrag über gesunde Ernährung fruchtet?", lästert Nina. Anita 'Soundso' erhebt ihre füllige Figur, dreht sich mit elegantem Hüftschwung dem Buffet zu, sieht die Freundinnen, grüßt siegessicher lächelnd.

„Man, ist die dick, man", flüstert Nina, „dass die Stöckelschuhe solch ein Gewicht tragen können. Guck mal, da hinten sitzt auch Señor Rico. Der hat seine ganze Familie eingeladen, der hat heute gar keine Augen für dich", sagt sie. „Unsere Sachsen sind nirgendwo, die betrachten bestimmt wieder den Sonnenuntergang."

13. Urlaubstag

Ausnahmsweise lässt Nina die Kamera im Safe des kleinen Flurschrankes. Die ewige Lästerei der Freundin beim Filmen geht ihr langsam auf den Geist. Zugegeben, den Ort, die Wanderwege, Obstplantagen und das Meer hat sie inzwischen wirklich oft genug aufgenommen. Der letzte Urlaubstag wird ohnehin keine überraschenden Motive mehr bringen.

Bei der üblichen Tour zur Eisfabrik im goldenen Tal entdeckt Nina eine neue, versteckte Abzweigung.

„Der Weg führt zur Hauptstraße Richtung Palma." Anne hat für Umwege keinen Sinn. Ihre Füße, an denen inzwischen jeder einzelne Zeh bepflastert ist, schmerzen.

„Du weißt ja immer alles besser!" Trotzig strebt Nina die angepeilte Abzweigung an.

„Na gut, ich folge dir überall hin. Bin gut drauf heute", schwindelt Anne schwer bemüht, den Rest der guten Laune zu behalten. Am Ende des Waldes führt der Pfad schnurgerade an einem freien Feld entlang. Weit hinten erheben sich lediglich die Berge. Nina stutzt, dreht sich verunsichert um. „Wir müssen tatsächlich in die andere Richtung", sagt sie kleinlaut.

Aus dem Tor eines Gehöftes am Ortseingang strömen Leute mit Terriern und kleinen drolligen Havaneser. Andere führen stolze Labradors und Windhunde an der Leine. Ein Vierbeiner ist schöner als der andere.

„Hier war eine Hundeschau." Anne deutet zum Plakat an der Einfahrt. „Wundert mich, dass sich die Einheimischen dafür interessieren. Spanien gilt nur für eine einzige Rasse als Ursprungsland. Der Podenco ist besonders auf den Balearen als Jagdhund beliebt..."

„Kannst die Dozentin nicht verleugnen, musst immer gleich Vorträge halten", unterbricht Nina genervt. Sie deutet zur schattigen Bank am Brunnen unter einer hohen Pinie. „Was hältst du von einer Pause?"

Lange halten es die Freundinnen dort nicht aus. Mallorquinische Volksmusik klingt ihnen entgegen, weckt ihre Neugierde. Sie folgen den Tönen. Auf dem Vorplatz der Kathedrale musiziert eine Gruppe in heimischer Tracht. Andere tanzen in langen Reihen, animieren die Menge der Zuschauer ringsherum mitzumachen.

„Verdammt, ich hätte die Kamera doch mitnehmen sollen", jammert Nina. „Könnte mir vor Wut in den Schwanz beißen. Jetzt entgehen mir die schönsten Aufnahmen, nur weil ich deinetwegen die Kamera in der Hütte ließ", sagt sie. Anne zuckt es in den Beinen, allein ihre schmerzenden Füße bremsen sie.

„Komm bloß weiter", drängelt Nina, „will da gar nicht mehr hinsehen." Selbst das leckere Mangoeis in der 'fabrica gelati' kann sie nicht trösten. Ihr Verdruss hält bis zum Abend an, erfährt bei der Rückkehr nach Port Soller noch eine ungeahnte Steigerung.

Die Bucht strahlt in unbeschreiblicher Farbenpracht. Der Himmel darüber sieht imposanter aus, als auf der kitschigsten Ansichtskarte. Nina ringt um Fassung. Sogar Anne hält richtig ergriffen inne.

„Der traumhafteste Sonnenuntergang in all den Tagen und ich? Ich stehe ohne Kamera da!", sagt Nina kummervoll.

„Zwei alte Schachteln verpassen wieder einmal den entscheidenden Moment im Leben!" Annes Lachen dringt durch Mark und Bein.

„Bepinkle dich ruhig wieder", giftet Nina frustriert. „Du solltest wenigstens ein schlechtes Gewissen haben. Los, jetzt gehen wir Koffer packen."

„Ohne bei deinem Herpes-Ober Abschied zu feiern?"

„Was heißt hier `dein Herpes - Ober`? Nachdem der einen Korb von mir bekommen hat, sieht der mich nicht wieder. Außerdem ist mir überhaupt nicht nach feiern zumute." Ihre herab hängenden Mundwinkel lassen sie um Jahre älter aussehen.

„Ach, was werde ich das vermissen, mich an den gedeckten Tisch zu setzen", sagt Nina beim Abendessen. „Zu Hause trifft mich bestimmt der Schlag, wenn ich auf die Waage steige."

„Keine Sorge, wir hatten viel zu viel Bewegung, um Fett anzusetzen. Bummeln wir noch ein letztes Mal zum Meer? Gegen einen Schlummertrunk am Hafen hast du hoffentlich nichts einzuwenden..."

Unter dem grünen Dach der Bäume stehen dicht an dicht zig primitive Plastikstühle vor kahlen Tischen. An einigen hocken Männer, vor sich Karaffen und Gläser mit billigem Rotwein gefüllt.

„Das sind bestimmt alles Fischer", sagt Nina.

„Oder Einheimische, die ihre Frauen zu Hause gelassen haben. Den Wein sollten wir auch einmal kosten."

„Kein Bier? Keine Sangria?", fragt Nina spitz.

„Und keinen frisch gepressten Orangensaft."

Eine Weile sitzen die Freundinnen stumm herum, hängen ihren Gedanken nach, lauschen dem endlos rauschenden Meer, beobachten die aufgeplusterten Tauben. Sie picken Krümel vom Boden, dazwischen drängen sich freche Spatzen, in der Ferne kreischen Möwen.

„Die werden wohl nie müde", sagt Nina. „Hoffentlich kann ich heute Nacht schlafen. Vor lauter Reisefieber bekomme ich meist kein Auge zu."

„Freust du dich schon auf die kalte Heimat?"

„Wie verrückt."

„Bin gespannt, was der kleine Mann zum tollen Segelboot sagt. Das Wiedersehen mit Fritz kann ich kaum erwarten." Einer der Männer vom Nebentisch dreht sich zu Anne.

„You are from Germany?", fragt er.

„Yes, from Hannover, the city of mass", antwortet sie höflich.

„Sorry, I cannot. Only Berlin, München and Frankfurt." Er dreht sich zurück.

„Das könnte glatt Mr. Higgins aus 'My fair Lady sein", sagt Nina schwärmerisch.

„Stimmt genau", ruft ein anderer fröhlich und rückt samt seinem Stuhl näher an Nina heran. Sie lächelt verlegen.

„Es ist allerdings unser Kapitän, wir gehören zu seiner Segelcrew."

„Ihr Akzent klingt holländisch."

„Stimmt auch. Wir sind aus den unterschiedlichsten Ländern. Unser Piere ist Franzose." Er deutet zum Jüngsten am Tisch.

„Wir sind alles ehemalige Piloten, bis auf unseren Filipino." Der kleine, schmächtige Mann neben ihm entblößt mit breitem Grinsen sein lückenhaftes Gebiss.

„Unser Kapitän rettete ihn vor der chinesischen Maffia", erzählt der Holländer. „Weil der arme Kerl gegen illegalen Fischfang kämpfte, war sein Leben bedroht. Die Regierung seiner Heimat ist korrupt und bestechlich, die schützte ihn nicht."

„Ist ja schrecklich. Wird er seine Familie je wiedersehen?", fragt Nina mitleidig.

„Vorläufig wohl kaum. Wir wollen nach Cochin in Indien. Die nächste Etappe geht zur Küste Nordafrikas. Danach segeln wir durch den Suezkanal, zum Roten Meer und später zum Arabischen Meer."

„Da haben sie ja noch eine weite, abenteuerliche Strecke vor sich", mischt sich Anne ein, „ich werde blass vor Neid."

„Heuern Sie als Köchin bei uns an. Der Filipino hat genug andere Aufgaben, der kann gut Hilfe in der Kombüse brauchen."

„Das würde etwas werden. Meine Freundin kann ja viel, aber kochen? Nein, kochen kann sie wirklich nicht." Der Holländer übersetzt es den anderen. Mr. Higgins klatscht sich auf den Schenkel, lacht sonor, sagt, „load the Ladys to visit in the yacht."

„Es ist viel zu spät", wehrt Nina überrascht ab.

„Wir fliegen morgen früh nach Hause und müssen ausgeschlafen sein", erklärt Anne, obwohl sie die Einladung liebend gern annehmen würde.

„Nur ein Stündchen. Wir segeln morgen auch weiter", beharrt der Holländer. Nina schüttelt energisch den Kopf, springt hoch und stürmt davon. In Gedanken sieht sie sich bereits über Bord springen, um einer Vergewaltigung zu entgehen. Der Holländer fungiert erneut als Übersetzer. Anne winkt den Ober heran. Der zeigt zum Nebentisch.

„Schon erledigt", sagt er kurz.

„Thank you verry much", bedankt sich Anne beim Aufstehen in Richtung Kapitän.

„It's okay." Er schmunzelt.

„Every time good wind into sail", sagt sie, lacht und schaut sich suchend nach Nina um.

„One moment please." Der Kapitän zieht einen Stift aus der Jackentasche, der Holländer springt eilig auf.

„Geben sie uns wenigstens Ihre Adresse, dann schicken wir Ihnen Ansichtskarten", sagt er, nimmt seinen Fotoapparat, macht ein paar Schnappschüsse während Anne ihre Anschrift auf die Rückseite der Rechnung kritzelt. Die anderen drängen sich um sie.

Nina beobachtet das Aufleuchten der Blitzlichter aus sicherer Entfernung, denkt ungeduldig 'was macht die nur so lange?' Allein mag sie nicht in die dunkle Seitengasse einbiegen. „Na, da hattest du ja doch noch dein Liebesabenteuer", sagt sie hämisch grinsend als Anne endlich kommt.

„Noch dazu mit einer ganzen Crew. Die waren richtig nett. Hätte mir gerne einmal eine Jacht von innen angesehen."

„Und wenn die einfach abgelegt hätten?"

„Quatsch, doch nicht bei Nacht."

„Es wäre trotzdem leichtsinnig gewesen", beharrt Nina. „Außerdem hatten die bestimmt schon einen in der Krone, sonst hätten die bemerkt, was wir für alte Schachteln sind. Mir tut der kleine Filipino leid, der wird bestimmt für die Dreckarbeit ausgenutzt..."

„Gib's zu, der Kapitän gefiel dir auch." Nina bleibt Anne die Antwort schuldig. –

Über jeder Schulter einen Rucksack, die Kameratasche um den Hals baumelnd, mit jeder Hand einen Koffer hinter sich herziehend, astet Nina durch die Gartenanlage, hin zur steilen Treppe. Die Sonne brennt, der Schweiß tropft, ein Henkel reißt vom Koffer ab. Der Weg nimmt kein Ende, die Stufen ebenso wenig. Vorm Hotel wartet bereits das Taxi.

„Uno momento por favor," ruft sie dem Fahrer zu, lässt das Gepäck bei ihm stehen, stürzt in den Speisesaal, um Anne zu suchen. Sie stolpert über Stühle, stößt sich am Schienbein. Anne sitzt nirgendwo.

„Uno momento por favor," ruft sie dem Fahrer erneut zu und rennt zum Hafen. Das Segelboot vom Vorabend ist verschwunden, von Anne fehlt jede Spur. Atemlos hastet Nina zurück, zum Hotel. Das Taxi ist samt Gepäck verschwunden. Sie möchte schreien, aber ihre Stimme versagt. Eine unsichtbare Hand drückt ihr die Kehle zu. –

Rückreise!

Anne rüttelt die Freundin kräftig an der Schulter.

„He, wach auf, es ist höchste Zeit. Kannst gleich ins Bad, ich bin fertig."

„Da bist du ja", staunt Nina schlaftrunken, „hab ich verrückt geträumt..."

„Ja, ja, das kannst du später erzählen." Während sich Nina endlos schniegelt werden die Koffer abgeholt. Beim letzten Gang durch die Anlage ist Anne richtig wehmütig zumute.

„Was hast du übrigens geträumt?"

„Och, das habe ich vergessen", sagt Nina gedehnt.

Vor dem Hotel steht bereits der Bus. Dieses Mal ist es ein großer. Das Gepäck wird gerade eingeladen. Im Speisesaal trinken die Freundinnen auf die Schnelle eine Tasse Kaffee.

„Dein Señor Rico kommt nicht einmal zum Verabschieden", spöttelt Nina.

„Ganz schön traurig, hatte mindestens ein Glas Sekt von ihm erwartet."

Pünktlich steigen die beiden zu den übrigen, gut gebräunten, aber wenig fröhlich aussehenden Urlaubern. Eine junge Reisebegleiterin hakt ihre Namen auf einer Liste ab. Pünktlich setzt sich der Bus in Bewegung. Pünktlich erreicht er den Flughafen.

In der Halle ertönt über Lautsprecher:

„Der Abflug 112 verzögert sich um etwa zwei Stunden. Das Gepäck wird trotzdem ab sofort entgegengenommen."

„Scheiße, das betrifft uns. Ich muss sofort die Kinder anrufen." Die niederschmetternde Nachricht lässt Anne ausflippen.

„Irgendwie werden wir die Zeit herum bekommen", sagt Nina überraschend gelassen. Anne sucht das nächstgelegene Telefon. Nach der Vorwahl ertönt bereits das Besetztzeichen. Sie wählt wieder und wieder, wird immer kribbeliger. Schließlich kapituliert sie, folgt Nina zerknirscht zur Gepäckaufgabe. Gleich danach startet sie die nächsten Versuche. Besetzt. Es ist zum Verrücktwerden. Sie überprüft die Nummer, zweifelt langsam an ihrem Verstand.

„Lass uns erst einmal die letzten Peseten im beauty free shop an den Mann bringen", sagt Nina.

„Ich krieg 'ne Krise. Wie kannst du jetzt ans Einkaufen denken?" Unwirsch reicht Anne der Freundin das Portmonee, behält nur die Münzen zum Telefonieren.

„Zur Entschädigung für die Verspätung der Maschine laden wir unsere Passagiere zum kleinen Imbiss ein. Kommen Sie bitte an unseren Stand in der Abflughalle ...", ertönt es aus den Lautsprechern.

„Gott sei Dank. Man, habe ich Hunger. Wir haben ja kaum etwas gefrühstückt. Jetzt ist es fast Nachmittag", sagt Nina. Anne hat keinen Appetit, sie rennt erneut zum Telefon, nimmt den Kampf wieder auf.

„Hier ist Fritz", meldet sich der kleine Mann am anderen Ende der Leitung.

„Schätzchen", schreit Anne in den Hörer, „wie schön, dein Stimmchen zu hören.

„Das ist Omama", - tut - tut- tut. Verflixt. Schnell wählt Anne die Nummer noch einmal.

„Hallo, seit ihr etwa schon gelandet? Wir wollten gerade eben zum Flughafen fahren." Heidi klingt so deutlich als stände sie neben Anne.

„Nein, nein, wir hängen auf der Insel fest. Macht dir keine Mühe. Wir werden uns in Hannover eine Taxe nehmen. Zu schade, hatte mich so auf das Wiedersehen gefreut..." Die Verbindung bricht zusammen, die Münzen sind aufgebraucht.

Einerseits traurig, andererseits erleichtert schlendert Anne zum Imbissstand, hält vergeblich Ausschau nach der Freundin. Auch im beauty free shop fehlt von Nina jede Spur.

Beim Aufruf zum Einchecken stellt sich Anne als Schlusslicht an die Schlange der Passagiere, schaut sich immer wieder suchend um. Die Abfertigung geht rasant, verlorene Zeit soll aufgeholt werden. Buchstäblich in letzter Minute kommt Nina völlig aufgelöst durch die Halle gerannt.

„Meine Kamera ist weg", keucht sie mühsam schon von Weitem. „Habe alles abgesucht. Was mache ich jetzt bloß?"

„Das kann doch nicht wahr sein." Anne schüttelt ratlos den Kopf.

„Ihre Ticket bitte", fordert die Frau am Abfertigungsschalter. Neben ihr steht die junge Busbegleiterin.

„Na endlich, da sind Sie ja." Ohne Umstände drückt sie Nina die graue Kameratasche in die Hand. „Die hatten Sie im Bus liegen lassen." Eine Stewardess drängelt hektisch:

„Schnell, schnell, kommen Sie." Nina dreht sich im Trab noch einmal um, stammelt fassungslos: „Danke, vielen Dank ...", dabei tritt sie Anne derb in den Hacken.

Kaum sind die Freundinnen im Sitz angeschnallt, rollt die Maschine zur Startbahn, beschleunigt, hebt ab und zieht steil nach oben. Nina ist total geschafft, ihr Puls rast noch immer wie verrückt. Sie schließt die Augen, schüttelt ungläubig den Kopf.

„Es gibt doch noch ehrliche Menschen auf der Welt", sagt sie gerührt.

„Verpass deinen Orgasmus nicht!"

„Ach du nun wieder..."

Während Nina die Schlafende mimt, greift Anne zum Notizblock. In Windeseile füllen sich die Seiten.

„Was schreibst du denn da die ganze Zeit?"

„Unsere Urlaubsgeschichte!"

„Das wird was werden", sagt Nina, „überlasse mir das lieber", sagt sie.

Nachwort

Nina findet zwischen ihrer Post eine Ansichtskarte aus Mallorca.

» Meine liebe Freundin, einen herzlichen Urlaubsgruß. Ist zwar nicht die schönste Karte - die Orangen fehlen - . Hoffe, du erinnerst dich trotzdem gerne an die gemeinsam verbrachten Tage und unsere 'Finca', wenn es auch kein `Fünf Sterne Hotel` war. Herzlichst, deine Anne. «

Zur gleichen Zeit liest Anne:

» Meine liebe Freundin, nach einem wunderschönen Urlaub mit dir möchte ich dich wieder in der Heimat Willkommen heißen. Hab Dank für alles. Mallorca war eine Reise wert. Lass dich umarmen, deine Nina. «

Wie sich die alten Schachteln gleichen.

E-Mail von Nina

Liebe Anne, habe deine Geschichte gelesen. Hört sich verdammt negativ an, was deine Freundin da alles von sich gibt! Scheint eine undankbare, alte Schachtel zu sein. Wenn ihre angeborene Skepsis auch oft so herüber kam, wie du es schilderst, mit Sicherheit hat ihr alles gut gefallen. Ist also ungerecht, dass du sie als schnöden Nörgelpott abstempelst. Die köstlichen Erinnerungen - besonders den letzten Sonnenuntergang - wird sie für alle Zeit im Gedächtnis behalten. Ganz für sich allein! Deine Nina.

E-Mail von Anne

Liebe Nina! Habe deinen Urlaubsfilm angeschaut. Er ist dir großartig gelungen - besonders die Untermalung mit Klängen von Chopin. Lediglich diese alberne, ewig gackernde Freundin stört. Ist das eine alberne, alte Schachtel. Hoffentlich kannst du ihr verzeihen und bist ihr wieder gut. Deine Anne.